飛躍青春系列

拿什麼拯救您，爸爸

馬翠蘿 著

山邊出版社有限公司

「飛躍青春」系列

拿什麼拯救您，爸爸

作　者：馬翠蘿
繪　圖：ruru lo cheung
責任編輯：周詩韵
美術設計：游敏萍
出　版：山邊出版社有限公司
香港英皇道499號北角工業大廈18樓
電話：（852）2138 7998
傳真：（852）2597 4003
網址：http://www.sunya.com.hk
電郵：marketing@sunya.com.hk
發　行：香港聯合書刊物流有限公司
香港新界大埔汀麗路36號中華商務印刷大廈3字樓
電話：（852）2150 2100　傳真：（852）2407 3062
電郵：info@suplogistics.com.hk
印　刷：中華商務彩色印刷有限公司
香港新界大埔汀麗路36號

二〇一八年十月初版

ISBN: 978-962-923-470-6

18/F, North Point Industrial Building, 499 King's Road, Hong Kong
Published and printed in Hong Kong

目錄

一　幸福又不幸的女孩

這個故事的主角叫童瑤，童瑤是華之英中學的高二學生，她是一個幸福的女孩，她也是一個不幸的女孩。

噢，又是幸福又是不幸，好矛盾哦！讀者一定在吐槽，嘿，這位作家，你別是寫東西太累了，打瞌睡用錯詞語吧？

怎麼會，給小讀者寫故事怎能這麼不用心呢？別着急，看下去你就會明白的。

童瑤是幸運的。爸媽遺傳給了她美麗的臉孔、健康的身體、聰明的頭腦，就是傳說中那種美貌與智慧集於一身的完美女孩。

童瑤的成績非常優秀，每次考試成績都是年級的第一名，是同學們欽佩的學霸；童瑤有愛她的家人，博學、慈祥的科學家爺爺給了她無盡的愛；她的朋友緣很好，認識她的人沒有不喜歡她的。

但是……大家看到這個帶着轉折語氣的詞，就知道我要講到童瑤的不幸了吧？嗯嗯，猜對了。

不幸的童瑤從來沒見過自己爸爸，當她還在媽媽肚子裏的時候，爸爸就失蹤了。她也從來沒有享受過母愛，因為就在她滿月那天，媽媽就因白血病與世長辭了。

小孤女童瑤是由爺爺一手撫養長大的。在爺爺的關懷教育下，童瑤在這個有着嚴重缺失的不幸家庭裏，幸福地長成了一個充滿正能量的陽光少女。

大家看到這裏該明白了吧！不幸的童瑤，但又很幸福地長大了。

童瑤不但努力學習，她還很注重鍛煉身體，家裏的跑步、跳高、足球、羽毛球各種獎盃放滿了一櫃子。

上中學以後，她還加入了少年登山俱樂部，因為爺爺告訴她，爸爸是登山愛好者。所以，她要追隨爸爸的腳步走。她攀過多座四千到五千米的高山呢，你說她是不是很厲害？

這個故事還有幾個很重要的配角。登登登凳！首先介紹出場的是童瑤最要好的朋友——王伊伊和王肅肅姐弟。

王伊伊，王姨姨？王肅肅，王叔叔？真不知道王爸爸王媽媽給他們起名字的時候，是不是腦瓜剛被雷劈了一下，竟然起了這麼容易讓人想偏的名字。當兩夫婦追在兩個小屁孩後面大喊「叔叔、姨姨」的時候，不知有沒有悔不當初的感覺？

至於兩名當事人，王肅肅倒是挺享受這個名字的，試想想，被許多長輩或平輩追着喊「叔叔」，太佔便宜了！

但他姐姐王伊伊就對自己名字深惡痛絕了。也不怪她不喜歡，人家王伊伊明明正值花樣年華漂亮可愛的年齡，卻被人喊作「姨姨」，想想都覺得憋屈。

童瑤和王家姐弟是鄰居，兩座兩層高的小別墅，中間只隔了一條小徑，打開窗子時，幾乎可以彼此握手了。

童瑤和王伊伊同年出生，而王肅肅就比她們小了一歲，三個人自小就在一起玩，關係好得就像兄弟姐妹一樣。讀小學時他們上了同一間學校，王肅肅本來是比她們低了一個年級的，只是這傢伙讀書特別聰明，硬是讓他跳了一級，結果就跟兩個姐姐同一年小學畢業，同一年考中學了。他們相約報考同一間中學，還真讓他們考上了，他們現在在華之英中學讀高二。童瑤和王伊伊同班，而王肅肅就在隔壁班級。

不過，王肅肅跳級後，就後悔得不要不要的。因為他以前每次考試成績都是年級第一，但自從跟童瑤一個年級後，就只能屈居第二了，因為第一名被童瑤佔據了。這令王肅肅常常仰天長歎「既生瑜，何生亮」。

好了，本故事的主角和兩個配角都出場了，當然，隨着故事的發展，還會出現其他重要角色的，請大家拭目以待。

二　孩子，你為什麼哭？

童瑤和王伊伊王肅肅每人拿着一張紙巾，哭得十分傷心。

「瑤瑤姐姐，你還有紙巾嗎？」王肅肅邊哭邊問童瑤。

「沒了。還敢問我要，大半包紙巾都讓你用了。」童瑤邊抹眼淚邊責怪王肅肅。

「哎，臭肅肅，怎麼把我的紙巾搶了！」王伊伊一雙哭腫了的眼睛瞪着弟弟，大聲抗議。

出什麼事了？竟然讓這幾個孩子哭成淚人？

今天是星期六，他們趁着放假，到電影院看一部新上映的電影《冰峯上的告別》。

看電影看到痛哭流涕？唉，真是三個傻寶寶。

這部電影，是以五年前發生在聖母峯的那場山難為故事背景拍攝的。那年的五月十號，「山之光」、「勇士」、「摩天」、「山鷹」四支登山隊在征服世界最高峯聖母峯時，遭到特大暴風雪，八人遇難，多人重傷致殘。

電影重點塑造了「山之光」登山隊隊長李昂的形象。他是一位著名的登山家，曾帶領多支登山隊成功登上聖母峯。

通過電影情節，觀眾看到了一個經驗豐富、工作認真、關心隊員的人物形象。

在衝頂當天，李昂是最早登上聖母峯頂的其中一人，本來，他可以早早就下山，避過那場要命的暴風雪。但是責任心令他留在峯頂，接應他一個又一個隊員，再看着他們離開峯頂下山。

為等候最後登頂的隊員杜格，他錯過了下山的最佳時間，而很不幸杜格又力氣用盡倒在了聖母峯頂。

即使沒有這些事發生，下山也是一件異常疲累和艱難的事，何況還要照顧杜格。從峯頂回到最靠近的四號營地需要三至六個小時，如果再不下山，拖到天黑，看不清路，加上入夜的零下幾十度低温，他們將面臨死亡的威脅。

杜格對李昂說：「你先走吧，別管我了。」

李昂不顧杜格的反對，堅持帶着他下山。李昂對杜格說：「如果把你一個人扔在這裏，你就肯定見不到明天的太陽了。」

沒想到，半小時後起了風暴，李昂拖着杜格往下挪了幾十米，就已經無法再走了。而之前得到消息前來救援的人也被迫折返，風太大，他們根本寸步難行，無法上山。

所有人都在通訊器中勸告李昂：「沒有氧氣，零下幾十度的低溫，這樣的情況下只有兩種結局。一是你和杜格都被困在山上，兩人一齊死；二是放棄杜格，你一個人下山，你就能活命。趕快下來吧，沒有人會責怪你的。」

李昂說：「我絕不會把自己的隊員扔下，自己逃命的。沒有人責怪我，但我會一輩子責備自己。」

李昂仍然拖着杜格，一點點地往下挪。到了半夜，杜格慢慢合上雙眼，生命在一點點離去。而李昂自己也精疲力竭，倒在雪地上。

李昂知道自己即將離開這個世界了，他用衛星電話給遠方城市的妻子作最後告別。

「嗨，親愛的，把你吵醒了。」他語氣十分平靜，「你好嗎？」

「我很好。你在哪裏？」懷孕八個月的妻子溫柔地問道。

「我登頂成功了，已經下山，在暖和的大本營裏呢。」李昂這時正冷得渾身發抖，但他克制着讓自己的聲音不會打顫。

他不想妻子此刻就知道即將失去丈夫的噩耗，讓她再好好睡一覺吧！

「你好好保重，早點回家，我們一起給孩子起名字，一起迎接孩子的誕生。」妻子溫柔地說。肚子裏的孩子，再有半個月就要出生了。按照時間，李昂可以在孩子出生前回到家。

李昂的眼裏湧出淚水，他無法看到孩子出生了。他努力按捺下哽咽：「孩子就叫李念吧！紀念他的父親……紀念他的父親成功登上聖母峯。記得替我親親小念念，告訴他，爸爸永遠愛他。」

妻子笑了：「你回家後，自己親口告訴他好了。」

「我……」李昂身上越來越冷，只覺得生命在一點點地離開他的身體，「親愛的，我永遠愛你。再見了……」

妻子怎麼也不會想到，這是李昂留在人間的最一句話，她溫柔地說：「我也愛你。再見！」

這時，電影鏡頭一分為二，左邊是生命走向盡頭的李昂，他手裏的電話「啪」地掉在地上，骨碌碌滾着；右邊是進入了夢鄉的李昂妻子，她的臉上露出了甜蜜的笑容。

觀眾們看到這裏，全都哭了，淚眼模糊得看不清接下來的畫面……

散場了，童瑤和王伊伊王肅肅走出電影院，三個人眼睛都紅紅的，還沉浸在李昂不幸遇難、小念念永遠失去了父親的悲傷裏。

王肅肅本來一直低着頭的，這時，他抬頭看向童瑤，問：「瑤瑤姐姐，這電影說的是真人真事嗎？」

「基本上是真的，除了有些細節作了藝術加工。比如說，李昂給妻子打完電話，並沒有馬上去世，應該還活了一段時間，但因為通訊器掉了，沒有人能再聯繫到他，所以並不知道他去世的準確時間。」童瑤想了想又說，「東郊有一個英雄墳場，那裏就埋葬着包括李昂在內的多位登山英雄，他們都是在征服世界上的高峯時不幸遇難的。」

王肅肅好奇地問道：「所有在登山運動中遇難的人，都安葬在那裏嗎？」

童瑤搖搖頭，說：「當然不是。那裏安息的都是在登山運動中表現卓絕、稱得上英雄的人。就像剛才那部電影中的李昂，因為他曾在一次攀登高峯時，臨危不懼，創造了登山史上一個奇跡。」

王伊伊和王肅肅異口同聲問道：「什麼奇跡？」

童瑤告訴他們，李昂二十八歲那年，曾跟一隊七人登山隊攀登從沒有人征服過的天戈峯，經歷了種種艱難和危險，他們終於看到登頂的希望了。沒想到就在這時候，一名隊員得了一種由高海拔引起的致命性血栓，只有迅速送到低海拔的地方才有一線生還的機會。在成功登頂被錄入史冊和放棄榮譽救人下山兩者中，李昂毅然選擇了放棄登頂救人下山，他的行為感動了另外兩名隊友，三個人一起冒着風雪把病人往山下送。為了安全起見，李昂用路繩把自己和兩名隊友及病人連在一起。在海拔七千米的地方，一名參與救人的隊友突然滑墜，並將其餘三個人一起帶下去。一般登山中遇到這種情況，結果必然是一串人都墜下山去，無人生還。但李昂卻創造了令人難以置信的奇跡——在萬分危險的瞬間，他將手裏的冰鎬尖插入雪裏，並快速將繩子纏繞了多圈，從而阻止了四個人的下墜。

這件事，讓李昂的名字永遠載入了登山史冊。也讓他在聖母峯山難後被葬在英雄墳場讓世人瞻仰。

王肅肅眼裏冒出小星星：「哇，這位李昂叔叔，真英雄啊！」

王伊伊說：「瑤瑤，不如我們現在就去一趟英雄墳場，瞻仰英雄……」

王肅肅舉起手：「贊成！」

童瑤看了看手錶，說：「好，現在才下午三點，時間來得及。」

英雄墳場是一處往上延伸的山坡，山坡上綠草欣欣，整個墳場顯得生氣勃勃，又莊嚴肅穆。童瑤吩咐司機在山腳下等他們，然後和王伊伊王肅肅拾級而上。

大家都不約而同地放輕腳步，唯恐驚醒了長眠在這裏的英雄們。

在山坡的中間地帶，就是登山英雄們的安息地。童瑤三人排成一列，一齊向英雄們鞠了個躬。

這是一羣很值得敬佩的人。他們雖然倒下了，倒在了他們最熱愛的大自然懷抱裏，但他們的悲壯行為讓人類征服大自然的信心更大更強，他們的生命，也延續到了無數的後來者身上。

突然聽到了孩子奶聲奶氣的聲音：「媽媽，他們睡着了嗎？」

一把温柔的聲音回答：「不，孩子，他們永遠醒着。」

童瑤驚訝地看過去，只見是一位三十四五歲的年輕媽媽，牽着一個五歲左右的小男孩，兩人在小聲說話。

那位媽媽說得真好。對，這些英雄們是永遠醒着的人，他們在這個世界上永不會消失。生命在這裏不是終結，而是長存。

童瑤用友好的目光打量着這對母子。那小男孩察覺到了童瑤的目光，他天真地揚起小手，說：「姐姐好，哥哥好！」

「小朋友好！」童瑤三人回應着。

童瑤和王伊伊王肅肅向那對母子走去。

童瑤向着那位母親說：「阿姨好！」

「你好！」阿姨朝童瑤他們轉過頭來。

阿姨長得很漂亮，白皙的皮膚，五官很精緻，一雙眼睛很大。但是……

童瑤心裏打了個顫，怎麼阿姨的眼睛看人時好像沒有焦距？

「媽媽，這是兩個姐姐和一個哥哥，姐姐長得很漂亮，哥哥很帥哦！」小男孩乖巧地告訴媽媽。

「哦，你們好！」年輕媽媽溫婉地笑着。

這個年輕媽媽的眼睛看不見東西！童瑤馬上聯想到了一些什麼，她激動地看看小男孩，又看看這年輕媽媽。

之前看過一篇報道，説是李昂的妻子在知道丈夫遇難的消息後，痛哭不止，孩子出生後不久，她的眼睛就慢慢失明了。

「小朋友，你叫什麼名字？」童瑤彎腰看着小男孩。

「我叫李念，大家都叫我小念念。」小男孩天真地回答着。

童瑤心裏發顫，李念，李昂的兒子！她伸出手，摸摸小念念紅蘋果似的小臉，説：「你爸爸是個英雄。」

「姐姐，你認識我爸爸嗎？媽媽説，我爸爸迷路了，找不到家了。」小念念眼睛一亮。

童瑤的手一抖，小念念媽媽並沒有告訴孩子他爸爸去世了。

「姐姐，你能把我爸爸找回來嗎？我好想好想他。」小念念抓着童瑤一隻手，不住地晃着，大大的眼睛裏湧出了淚水。

童瑤有點不知所措，這一刻她只想着，不能傷害孩子的小心靈，便下意識地說：「好，我替你把爸爸找回來。」

「謝謝姐姐！」小念念激動極了，「你見到爸爸的時候，告訴他，我和媽媽在家裏等他回來。我們家就在大鐘樓對面，那幢門口種了好多好多勿忘我花的紅磚小屋，很容易找的。」

三　永遠鎖着的神秘房間

當童爺爺見到童瑤和王伊伊王朩朩時，發現這三人臉上明顯地寫着：寶寶不開心，寶寶求安慰。

「出什麼事了？告訴爺爺，爺爺幫你們。」爺爺慈祥的臉上露出擔憂。

王肅肅扁了扁嘴，說：「爺爺，這事您幫不了。」

王伊伊也說：「謝謝爺爺，這事您真的幫不了。」

爺爺看着童瑤眼裏的憂傷，問道：「瑤瑤，告訴我。」

童瑤說：「爺爺，我們想小念念的父親回家，我們想小念念媽媽的眼睛不會瞎掉，您能做到嗎？」

「小念念？你是說那位登山英雄的兒子？」爺爺愣了愣。

《冰峯上的告別》這部影片最近大熱，爺爺雖然沒看過，但也聽人講起過這個故事。

「唉。」童瑤沒回答，只是歎了口氣。

相比其他人，童瑤更能體會小念念的心情。因為，她自己也是還沒出生就沒有了父親。

爺爺把視線轉向窗外，目光穿過那鬱葱的樹木，望向那不可知的遠方。看得出來，他心情有點沉重。

「爺爺，您怎麼啦？」童瑤歪着頭，瞅着發呆的爺爺。

爺爺收回視線，他摸摸童瑤的頭，說：「很遺憾，爺爺沒辦法幫小念念。」

童瑤難受地說：「畢竟那是發生了的事，誰也無法改變歷史。」

爺爺沉默了一會兒，突然想起了什麼，他說，「瑤瑤，今晚科學院設宴，宴請一班從國外來訪的科學家代表團，我得參加。晚飯鐘點工阿芳正在做，你吃完晚飯就早點睡，不用等我回來。」

童瑤邊點頭，邊「嗯」了一聲。她的爺爺是科學院的名譽院長，這類活動，他是一定要參加的。

爺爺又對王伊伊王肅肅說：「你們倆就留在這裏陪瑤瑤吧！我已經讓阿芳多煮了

兩個人的飯菜，你們和瑤瑤一塊吃晚飯，今晚就在這裏睡。」

王肅肅拍拍胸口，說：「嗯！陪瑤瑤姐姐，必須的。」

在瑤瑤家蹭吃蹭住，他們兩姐弟早就習以為常了。樓下的兩間客房裏，就常年擺放着他們帶來的被鋪，還有衣服、日常用品等，連他們家那隻叫大頭的貓，也常來童瑤家混吃混喝的。

晚上，鐘點工收拾好東西，回家了，童家大宅裏就留下三個孩子。

白天那部以真人真事為題材的電影，還有英雄墳場上碰到小念念的事，對他們的心靈衝擊實在太大了，三個人都有點悶悶不樂的。遊戲狂人王肅肅玩了一會兒電腦遊戲，就沒興趣了；一向迷電視劇喜歡看帥哥的王伊伊，面對電視機裏那些耍帥賣乖的「小鮮肉」也興趣缺缺；而童瑤就很努力地從互聯網搜索當年山難的資料，眉頭深鎖……

「嘿，不玩了，我去睡了。」王肅肅把遊戲機的搖控器一扔，說。

「我也想睡了。」王伊伊關了電視機，站了起來。

童瑤把電腦蓋子一合，說：「好吧！都去睡。」

童瑤把王伊伊姐弟安頓好後，就回了自己的房間。在牀上輾轉反側，一直睡不着，腦子裏全都是登山隊員們跟暴風雪作鬥爭的場面，還有小念念那雙渴望見到爸爸的大眼睛。

童瑤乾脆起來看電視。電視裏正播放新聞，第一條是講政府設立優質教育基金的，也真巧，第二條是一則登山新聞。新聞裏提到，一支登山隊今天登聖母峯，在天階以下遇到風暴，無法下山，全隊人生命受到威脅。正在危急關頭……

正在這時，童瑤聽到落地窗那裏傳來輕輕的抓玻璃聲。童瑤心裏嘀咕，一定是王家那隻叫做大頭的貓找主人來了。

童瑤下了牀，往落地窗走去，果然見到大頭……

噢，是見到大頭的主人——王肅肅。

「幹嘛！」童瑤猛地拉開落地窗門，朝那個鬼鬼祟祟的傢伙喊道。

「媽呀！」王肅肅嚇了一大跳，接着向童瑤又是鞠躬又是敬禮的，「對不起對不起，瑤瑤姐姐，原諒我吧！」

「不睡覺，跑這兒來幹什麼？」童瑤餘氣未消，拍了他腦袋一下。

「瑤瑤姐姐，我一直睡不着呢，好可憐哦！」王肅肅的臉很配合地做出一副「可憐」的樣子，「我想你一定也沒睡，就跑來弄出些小動靜試探一下。你一定跟我一樣，想着小念念，想着那些登山者，是吧？」

「嗯。」童瑤轉身走回卧房。

王肅肅跟在她後面，也走了進去，又回身把落地玻璃門關上了。

童瑤繼續看電視，剛才那條報道登山的新聞已到了尾聲，鏡頭落在一個山洞口，逐漸拉遠，然後去了另一條新聞。

童瑤聽到什麼動靜，朝落地玻璃窗瞧了瞧，説：「看來還有一個人睡不着。」

王肅肅問道：「誰？誰？」

童瑤指指落地窗方向：「你自己看。」

王肅肅連忙看過去，見到窗外有個披頭散髮的人，摸摸索索的，摸到了玻璃門，抓了兩把。月光下，可以清楚見到，那是大頭——

那是大頭的另一個主人，王伊伊。

「哈哈哈！」王肅肅開心地笑着，跑去打開了玻璃窗門。

王伊伊嚇了一跳，看清是王肅肅時，忍不住敲了他腦袋一下：「死孩子，嚇死姐姐了！」

王肅肅委屈地摸着腦袋：「怎麼我抓玻璃被打，抓抓玻璃的人也被打。嗚嗚嗚……」

童瑤無奈地看着他們，說：「說你們不是同一個媽媽生的都沒人信，連做壞事都一個模樣。」

王伊伊看着王肅肅：「怎麼，你也是……」

童瑤瞪她一眼，說：「你怎麼進來的，他也是怎麼進來的。」

王伊伊摸摸腦袋：「原來睡不着的，不止我一個人。」

三人正在說話，突然，唰的一下，電視機沒了影像，屋子裏一片漆黑。

「啊！」屋子裏三人同時喊了起來。

「什麼事什麼事?!天哪，好黑！」王伊伊一把抓住身旁的童瑤，尖叫着。

唯恐天下不亂的王肅肅卻故意嚇唬姐姐，顫抖着聲音說：「啊～～，鬼～～來～～了～～～」

「啊！別別別別過來……」王伊伊嚇得跳到沙發上，拿起一個咕啞捂住臉。

童瑤打了王肅肅一下，罵道：「閉嘴，死小孩！」

她在桌子上摸到了手機，揿了上面的電筒裝置，屋子裏有了微弱的光。童瑤說：「你們好好呆着，我去地下室看看電錶，很可能是跳閘了。」

童瑤站起身要離開，王伊伊急忙跳下地，說：「等等我，我跟着你去。」

王肅肅也湊熱鬧：「瑤瑤姐姐，我也跟你去。」

於是，三個人用手機上的電筒照明，摸摸索索地向地下室走去。

「哇！」王肅肅突然大叫一聲，嚇得王伊伊尖叫起來。

童瑤畢竟是個女孩，也被王肅肅嚇得心都要從嘴裏跳出來了，她回頭狠狠地瞪着那個壞小孩，恨不得使勁將他拍進牆裏，摳都摳不出來那種。

「呵呵，呵呵……」王肅肅涎着臉，「不敢了，再也不敢了。」

三人很快下到地下室，找到了電錶，用電筒一照，果然是跳閘了。童瑤把電閘扳了下來，唰的一下，屋裏又大放光明。

「好囉好囉！」王伊伊拍着手，一副歡天喜地的樣子。

童瑤帶頭走出地下室，王肅肅東張西望的，他突然停了下來，指着一扇用傳統掛鎖鎖着的門說：「瑤瑤姐姐，我們自小就來你家玩，我記得，這房間好像永遠鎖着。看，鎖都生鏽了。」

童瑤停下腳步看看，說：「是呀，自從我懂事起，就沒見這房間打開過，不知裏面有些什麼。」

王伊伊說：「說不定這裏面藏着你們家的秘密，或者你爺爺的秘密。」

王肅肅一拍大腿，說：「哦，我知道了，很可能是藏着爺爺嬰兒時的裸照，或者是爺爺年輕時給女孩子寫的情書。」

「臭小孩，胡說八道！」童瑤舉起手要打王肅肅，「讓我爺爺聽見了，看不揍你。」

王肅肅趕緊躲避，不小心砰地撞在那扇門上，竟撞得那把早已鏽壞了的掛鎖鎖體跟鎖鈎分離，「啪噠」一聲掉到地上。

三個人都嚇了一大跳，你看看我，我瞅瞅你，都有點不知所措。

四　時空機二號

童瑤最早回過神來，她說：「咱們進去看看。」

她伸手正想推門，王伊伊急忙拉住她：「十幾年沒打開，裏面會不會有什麼怪東西？」

王肅肅最會添亂了：「有可能爺爺在裏面關了一隻千年怪獸？門一開，裏面『哇嗚』一聲，露出兩隻燈籠般的怪眼、河馬嘴般的血盆大口。」

王伊伊急忙後退：「童瑤，我、我想回家。」

「嘿，膽小鬼，你不進我進。」童瑤哼了一聲。

「嘿，膽小鬼，你不進我跟瑤瑤姐姐進。」王肅肅也哼了一聲。

「你！」王伊伊怒瞪王肅肅。

童瑤也沒管那兩姐弟，伸手推開門，走了進去。王肅肅也跟着走進去了。留下王伊伊心情忐忑地站在門口，心裏天人交戰，進，還是不進。

王伊伊挪了挪腳，最終還是站住了。她豎起耳朵，聽着裏面動靜。咦，好安靜啊！

不應該啊，無論裏面有好東西或者壞東西，不是都會發出高興的尖叫或者恐懼的驚叫嗎？難道……難道他們兩人剛一進去，就被怪物吞掉了，他們根本來不及反應？

王伊伊大驚，不行，我得救他們！即使吞掉了也要把他們扒出來。據說人在特定情況下勇氣會猛增，無論多麼膽小的人也會變成勇士。膽小的王伊伊就是這樣，為了好朋友和弟弟，她拼了！

王伊伊使勁推開了房門。

咦，真有怪物！還是個巨型怪物。

這怪物黑黝黝的，呈半圓型，直徑有三四米，高度大約兩米，牠張開血盆大口，看樣子正要把童瑤和王肅肅吞噬下肚子。

童瑤和王肅肅站在怪物前面，傻傻地看着像是嚇壞了。

王伊伊衝過去：「怪物休要猖狂，我來了！」

她勇敢地站到童瑤和王肅肅面前，張開雙手，像母雞護小雞一樣，把好朋友和弟弟護在身後。

咦，按道理，接下來不是應該怪物嚇得連連退後，哭着喊着「女俠饒命」嗎？而童瑤和王肅肅則感動得涕淚交流，高喊着「伊伊威武」。

怎麼這樣安靜？怪物一動不動的，身後的兩個人也一動不動的。正納悶時，王肅肅用手指捅了捅她的腰，說：「姐姐，別擋在前面好嗎？我跟瑤瑤姐姐正在研究這是一台什麼機器？」

「機器？」王伊伊愣了愣。

仔細瞧瞧，果然發現眼前其實是一個不會動的死物，說明白一點，就是一個鐵傢伙，那「血盆大口」只是它的門。王伊伊頓時洩了氣，好不容易小宇宙爆發做一回女英雄，卻擺了個大烏龍。

童瑤終於不負她期望，說了聲「很英勇，不錯不錯」，然後又研究機器去了。

「瑤瑤姐姐，我知道這是什麼了！」王肅肅突然大喊起來，「你看過電影《回到過去》嗎？」

「啊，難道……這是時空機？」童瑤眼睛一亮。

王肅肅興奮得手舞足蹈的：「是是是，跟電影裏那個科學怪人設計的時空機太像了。」

「進去看看！」童瑤毫不猶豫地走進那大門敞開的機器，王肅肅也跟着進去了。王伊伊小宇宙爆發已結束，又成了膽子小小的兔兔，她站在機器前看了一會兒，見到童瑤和王肅肅在艙裏都好好的，沒被吞掉，才走了進去。

「哇，瑤瑤姐姐，真是時空機啊！你看，這裏有個小商標，就寫着零二號時空機呢！看，這裏的按鈕是設定目的地的，這個按鈕是設定穿越的年代日期的。」王肅肅摸摸這摸摸那的，高興得合不攏嘴，「哇，裏面放着很多東西啊，看，指南針、潛水衣、登山裝備……，想得真周到，萬一時空機掉到森林、海洋，或者高山上，都有應急的裝備了。」

童瑤心裏也很驚喜，真沒想到，這房間關着十多年，原來裏面放了一部時空機。

「好奇怪哦，瑤瑤家裏怎麼會有科學怪人的時空機呢？」王伊伊這時也不再害怕了，東瞧瞧西瞧瞧十分好奇。

王肅肅說：「一點也不奇怪。童瑤爺爺是個科學家啊，他能造出一部時空機出來，很正常啊！不過奇怪的是，爺爺有這麼偉大的發明，不是應該向全社會公布，讓大家都知道嗎？為什麼放在這密室裏，十多年都不公布，甚至連瑤瑤姐姐也瞞着。」

其實童瑤也挺納悶的，爺爺竟然把這麼重大的發明束之高閣。這部是零二號，就是說還有一部零一號，零一號在哪呢？不過，她已經不想去探究這些問題了，腦子裏開始蘊釀着一個大膽的想法。

王肅肅見童瑤沉默不語，便問：「瑤瑤姐姐，想什麼呢？」

童瑤伸手摸摸時空機光滑的機身，說：「我在想，我們可能有辦法替小念念找回爸爸。」

「啊！」王伊伊和王肅肅一起叫了起來。

「瑤瑤姐姐，我明白了，你是想借用這部時空機穿越時空，返回五年前救李昂叔叔？」機靈的王肅肅一下子猜到了童瑤的想法，他臉上滿是驚喜。

「沒錯！」童瑤捏了捏拳頭。

「哈哈哈，太好了！」王肅肅激動得兩眼發光，「我們既可以去救人，又可以登上世界最高峯。哇，那歷史就可以改寫了，登上聖母峯最年輕的人：童瑤、王肅肅、王伊伊。耶！」

王伊伊也喜形於色，但她又有點顧慮：「可是……可是我們只是去年跟爸爸媽媽旅行時，登過四千多米的高山。聖母峯八千多米的高度，氣候環境惡劣，我們能去嗎？」

「當然不能去！」童瑤搖搖頭，說，「你別聽王肅肅胡說八道，我們當然不是去聖母峯救人。我雖然受過高海拔訓練，登過五千米的山，但也不可以貿然去登一座八千多米的高峯。你們沒訓練過，更加不行了。我是想，我們可以在李昂叔叔出發前，想辦法阻止他去參加登山！」

王伊伊聽了，馬上點頭表示贊成：「對對對，只要他不出門，不去登山，就什麼事也沒有了。」

「好吧，那我就不做登山英雄了。只要讓李昂叔叔活下來，讓小念念有爸爸，我就心滿意足了。」王肅肅瀟灑地揮揮手說。

王伊伊忽然想到了一個很關鍵的問題：「可是，我們找到李昂叔叔，怎麼說服他不去參加登山呢？沒有很充分的理由，他一定不會放棄的。」

童瑤想了想：「有辦法。我記得五年前的五月八號到五月二十八號，我們這裏曾經主辦過一個世界青少年登山訓練營。這個訓練營邀請了十多位世界著名的登山家做導師，在當時是一件很轟動的盛事。我看過一篇訪問報道，提到這個訓練營也曾經向李昂發出擔任導師的邀請的，但可惜當時李昂已經出發去了登山大本營。後來有記者打電話到大本營，就這件事採訪他，他說如果不是已出發去大本營，說不定他會選擇去訓練營做導師的，因為那是培養下一代登山家，一件很有意義的事。」

王肅肅眼睛發亮，說：「哇，那太好了，就用瑤瑤姐姐的辦法！我們可以趕在李昂叔叔出發前，扮作登山訓練營的工作人員去找他，預先告訴他這件事。」

「嗯，我們可以跟李昂叔叔說，正式的邀請信稍後會寄到就行了。」王伊伊難得地同意王肅肅意見。

童瑤點點頭，說：「可以。不過，我們跟李昂叔叔見面後，要馬上通知登山訓練營主辦方，告訴他們李昂叔叔計劃要去登山的事，請他們立刻聯絡李叔叔。」

王伊伊舉起雙手，嚷着：「贊成，贊成！這樣就可以提防李昂叔叔改變主意，按原計劃去登山了。」

「可是，其他的登山者呢？杜格，以及其他叔叔阿姨。那天有八個人遇難呢，我們不救他們了嗎？」王肅肅眉頭都皺成一團了。

童瑤歎了口氣：「我們也只能先替小念念救爸爸，其他人，我們穿越到那個時空後再想辦法。」

「好，說做就做，我們馬上走！」王肅肅一副心急的樣子。

「這麼快？那總得準備準備，收拾行李，拿點錢！」王伊伊說。

王肅肅說：「姐姐，你真麻煩！有什麼好準備的，又不用訂機票，不用訂酒店，坐時空機一眨眼就到了。」

童瑤拍了他腦袋一下，說：「看你說的，去救人好像打個噴嚏的時間就能搞定似的。聽好，一人帶個小背囊，拿幾件衣服帶點日常用品吧。錢不用拿了，我帶着爺爺給的附屬卡，隨時可以取錢。」

「好啦，回房間拿東西去囉！」王肅肅咋咋呼呼的，跑回自己睡的房間收拾東西。

不到十幾分鐘，三個人又回到地下室，坐進了時空機機艙。

畢竟是第一次坐時空機啊！王肅肅這個傻大膽事到臨頭又害怕起來，拉着童瑤一隻袖子說：「瑤瑤姐姐，等會兒不知道會不會『暈機』？會不會天旋地轉？會不會過程中身體化成粒子，然後再拼湊回來，這樣會不會好痛？」

這下子把王伊伊也嚇到了，拉着童瑤另一隻袖子說：「瑤瑤，會嗎，會嗎？」

童瑤真有一腳一個把這兩姐弟踹出時空機的衝動，她氣呼呼地說：「我又沒坐過，怎麼知道！你們害怕，我自己去好了。」

王肅肅趕緊坐正身子，說：「我才不怕呢！」

王伊伊猶豫了一下，也說：「我、我也不怕！」

童瑤朝他們看了看，說：「決定了嗎？」

王伊伊和王肅肅挺挺胸脯：「決定了！」

「好，那我關門了。」童瑤關上時空機的門，然後在機器上設定目的地和穿越年月日，「嗯，咱們就去聖母峯山難的半個月前，四月二十六日吧！咱們的拯救大行動，開始！」

童瑤一撳啟動按鈕，嗡嗡嗡，時空機起動了，密封艙裏，馬上傳出一陣陣鬼哭狼嚎——

「寶寶不去行不行，唔唔唔……」

「寶寶好暈，寶寶想回家，嗚嗚嗚——」

聲音越來越遠，消失在夜空裏。

五　搞錯了搞錯了

不知過了多少時間，時空機緩緩落到了一個小樹林裏。密封艙裏響起了一片埋怨聲：

「媽呀，我屁股好疼！」

「我要吐了！」

「是誰設計這時空機的，快出來，讓我揍一頓！」

「大膽，敢揍我爺爺！」

「噢，我有說揍爺爺嗎？沒有啊，我最喜歡爺爺了……」

過了一會兒，艙門慢慢開啟了，童瑤帶頭，王肅肅和王伊伊跟着，從時空機走了出來。

他們掉下的地方是個僻靜的小樹林，地上都是淹沒小腿的落葉，大概是很少有人來這裏。

「哇，好舒服啊！」童瑤深深吸了一口清新空氣。

「嗚嗚，悶死我了。好難受！」王伊伊狼狽的樣子，就像剛從水裏救上來的溺水者。

王肅肅拍拍胸口：「還好，跟在遊樂場坐過山車差不多。」

三個人恢復過來後，齊心合力把時空機用樹葉遮擋起來，然後走出了小樹林。

他們看到了熟悉的街道，看來五年前和五年後這城市的變化並不大。還得打聽一下這是什麼年代，看他們來對了地方沒有。

向一個老伯伯打聽後，情況是令人滿意的。正是他們所設定的日期，四月二十六號——當年李昂登山出事前的半個月。

之前小念念説過，他們家就在大鐘樓對面，所以童瑤他們就直奔大鐘樓去了。大鐘樓已有百多年歷史，樓高五十米，設計簡約、外型古雅，是這城市一個很著名的地標。時空機落下的地方離大鐘樓很近，走了不到十分鐘就到了。

大鐘樓的對面果然見到一排小巧漂亮的小屋，童瑤他們走了過去，很快見到了一幢紅磚小屋，小屋門前有一個小院子，小院裏種滿藍色的勿忘我花。

王肅肅高興地說：「到了到了，這就是小念念家！」

童瑤看了一眼大鐘樓上那個大鐘，只見時間是上午九時半。

三個人站在小院的木柵欄外，喊了一聲：「李昂叔叔！」

不一會兒，小屋的門打開了，走出來一個阿姨。正是他們在英雄墳場見過的小念念的媽媽。當然，小念念這時還躲在她鼓起的肚子裏呢！

「阿姨，認得我們嗎？」王肅肅一下忘了這是五年前，竟然對阿姨這樣說。

童瑤趕緊捅了他一下，他才醒悟過來，吐了吐舌頭。

幸好阿姨沒聽清他說什麼，慢慢地走過小院，拉開了木柵門。

「你們找李昂？他不在。」念念媽媽說。

「不在？他出去了嗎？什麼時候回來？」童瑤趕緊問。

阿姨說：「他在這個月十號出發，去登聖母峯了。」

「啊！」童瑤三人都大吃一驚，怎麼這麼早就出發了。

王肅肅問道：「他們不是五月十號才登山的嗎？」

「我想登山的具體日子，是要根據當時天氣情況定下來的。」阿姨用奇怪的眼神看了看王肅肅，不知道他為什麼說得這麼肯定，又說，「登山隊都要求提前一個月進入大本營的，因為隊員要慢慢適應那裏的天氣和高海拔，還要接受各種訓練。」

「哎呀！這事我們都疏忽了！」童瑤一拍腦袋。

聖母峯是世界第一高峯，海拔高度足有八千多米。什麼叫海拔？海拔是指高出平均海水面的高度。一個在沿海地區生活的人，要到高海拔的地方，就一定要有一個適應過程，否則身體是難以承受的。而且，攀登聖母峯並不是一鼓作氣地衝頂，而是分階段反覆做適應性攀登。所以，必然要耽擱很多時間。

阿姨把三個孩子打量了一下，問道：「你們找李昂有什麼事嗎？」

童瑤怕王肅肅又說出什麼傻話，連忙說：「噢，沒什麼事。我們是李昂叔叔的學生，今天剛好路過，來看看他。」

李昂在體育學院兼職教課，所以說是他的學生是說得過去的。

「噢，是這樣！」阿姨邀請說，「進來坐坐，喝杯茶吧。」

童瑤急着商量下一步怎麼辦，便謝絕了阿姨的好意。說了再見，就帶着王伊伊王肅肅離開了。

找了間麥當勞店，叫了幾個套餐吃着。

童瑤聳聳肩，說：「我們失算了。看來，還得再穿越一次。這樣好了，我們在李昂叔叔出發前五天，也就是四月五號來這裏好了。」

王肅肅塞了一嘴的麥樂雞，含混不清地說道：「是，吃完東西就穿。」

王伊伊有點小糾結：「哼哼，真倒楣，剛剛才落下來，屁股還在痛呢！」

吃完東西，三個人又回到了小樹林，時空機還好好地呆在那裏。王肅肅自告奮勇負責設定穿越的目的地和時間，又叫童瑤和王伊伊確認一下，然後啟動。

跟上次一樣，時空機裏再次傳出了嚎叫聲，然後又是聲音遠去、消失。不一會兒，砰！

推開艙門走了出來，三個人發現還是之前那個小樹林。

童瑤扯着王伊伊王肅肅，趕緊找李昂去了。經過之前的挫折，她不知怎的有點擔心，這次的穿越救人不會太順利。

他們又找到了那幢幽靜、雅致的兩層小屋，童瑤又看了一眼對面那個大鐘，只見時間是上午九時。

走到小院的木柵欄外，王肅肅喊了一聲：「李昂叔叔！」

小屋的門打開了，剛剛見過的大肚子的小念念媽媽，慢慢地走過小院，拉開了木柵門。

「阿姨，李昂叔叔在嗎？」王肅肅急忙問。

「你們是……」念念媽媽問。

「我們是李叔叔的學生。」童瑤回答。

「李昂不在。」阿姨說。

「不在？他出去了嗎？什麼時候回來？」童瑤趕緊問。

阿姨說：「他出發去登聖母峯了。」

「啊！」童瑤三人都大吃一驚，他們交換着驚疑的目光，怎麼把穿越時間提前到四月五號，李昂叔叔還是出發了？

童瑤想到了什麼，她問阿姨：「阿姨，今天幾號？」

阿姨說：「四月二十六號呀！」

媽呀，我要暈倒了！童瑤一拍前額，怎麼再穿越了一次，還是之前的四月二十六號?!

童瑤和王伊伊嗖地把眼珠轉向王肅肅，死死地盯着他。童瑤說：「是不是你把日期按錯了?」

王伊伊怒氣沖沖地說：「一定是！」

王肅肅大叫冤枉：「沒有啊，我撳下四月五號這個日期之後，不是叫你們看過的嗎?」

童瑤和王伊伊相互看看，嗯，好像有這麼回事。

既沒撳錯，那怎麼時空機會把他們送回上一次的時間地點呢?噢，不，是比上一次提前了半個小時。

三個人只顧發傻，而阿姨就一臉狐疑地看着他們，問道：「你們怎麼啦?」

「噢，對不起！」童瑤清醒過來，掩飾說，「我們想在李叔叔出發前來的，沒想到搞錯日子了。打擾了，再見。」

童瑤趕緊拉着王伊伊王肅肅離開了。

他們又回到了小樹林，看着那個鐵家伙，心裏好鬱悶。王肅肅忍不住踢了時空機一腳，說：「喂，你幹嘛捉弄我們，不是讓你把我們送到四月五號的嗎？」

王伊伊說：「難道是……壞掉了？」

童瑤說：「我們再試一次吧，如果不成功，那就肯定是出了問題。」

於是，他們走進時空機，設定時間，揿了起動按鈕……

怎麼沒動靜？沒有起動時嗡嗡嗡的聲音，沒有顫動，時空機竟然不動了。這時空機，質量有問題啊！

童瑤懊惱地說：「我明白了，怪不得爺爺一直沒有公布發明時空機的事，可能就是因為他知道這傢伙還不夠完美。」

王伊伊挺擔心的：「糟了，那我們怎麼回到五年後呢？」

王肅肅手一揮，十分瀟灑地說：「姐姐，不用擔心的，我們回家就好。」

王伊伊沮喪地說：「回家，你別忘了，家裏有五年前的我們在，同時有兩個王伊伊王肅肅，這樣豈不亂套了。」

「這不更好嗎？到時我就叫五年前的我替我去上學唸書，那我就可以盡情地玩兒了。如果做了壞事，就叫五年前的我去承認錯誤，那我就不用擔心闖禍受罰了。還有還有……」

王伊伊拚命搖頭說：「不好不好，那以後我的零花錢就得兩個人用，我的衣服就兩個人穿，我不要我不要！」

童瑤沒好氣地說：「廢話少說！回去的事先別管，山窮水盡疑無路，柳暗花明又一村，我不信回不去。咱們還是先想辦法解決眼前的事，看看怎麼救小念念爸爸吧！」

王肅肅撓撓頭：「還有什麼辦法？小念念的爸爸已經出發了，還能阻止他嗎？」

童瑤捏了捏拳頭，說：「看來，我們只能直接去大本營找李昂叔叔了。」

王伊伊有點害怕，說：「登山大本營在五千多米的高處哦，我們受不了的。」

「現在沒其他選擇了，我們無法去李叔叔出發前的日子，也只有去大本營找他了。」童瑤安慰王伊伊說，「別怕，我們可以坐飛機先去帕圖拉，那裏海拔不是很高。在那裏呆幾天，再出發。我們可以在帕圖拉買些氧氣罐帶着，如果不行就吸氧。然後再買些備用藥品，比如『紅景天』、地塞米松、西洋參含片等等。這些藥能抵禦高原寒冷，紓緩缺氧狀況。」

「好，贊成！」王肅肅眼睛發亮，對他來講，其實早就恨不得直接去聖母峯找李叔叔，好讓自己也有一次攀登世界第一高峯的光榮經歷呢！

王伊伊雖然對高山反應還是有點害怕，但她也很想幫小念念救回爸爸，所以也鼓起勇氣說：「我也贊成！」

六　向大本營進發

坐了幾小時的飛機，童瑤和王伊伊王繡繡來到了座落在聖母峯南坡的城市——帕圖拉。

三個人沿着一條長長的通道朝機場出口走去。通道兩邊，擠滿了來接站的人，不時有人發出驚喜的叫聲，那是有人接到了很久沒見的親人、朋友。

王繡繡眼尖，發現了通道盡頭處一個寫着「童同學等三人」的紙牌，高興地喊道：「嘿，有人接我們來了！」

童瑤已在網上訂好了今晚住宿的酒店，所以酒店安排了人來接站。

三個人朝那紙牌走去。

「哇，帥哥哎！」王伊伊眼睛一亮。

舉着紙牌的是一個十八歲左右的年輕人，長而微鬈的睫毛下，是一雙彎彎的、亮亮的眼睛，清澈的眼神透着純淨和真誠，線條柔和的嘴角上揚，臉上笑容燦爛得就像早晨的陽光。

童瑶幾個人一見到他便很有好感。年輕人也很熱情，一見面就把童瑶他們各人背着的背囊全拿去背了，然後把他們帶向一輛七人車。

坐好後，年輕人就穩穩地開車了：「自我介紹一下，我叫祁臻。」

「祁臻你好，我是童瑶。」童瑶自我介紹畢，又指指王伊伊和王肅肅姐弟倆，「她是王伊伊，他是王肅肅。」

王肅肅問道：「祁臻哥哥，你是酒店的員工嗎？」

祁臻搖頭說：「不是。我剛高中畢業，來酒店做暑期工。」

王伊伊問：「啊，那你不打算考大學嗎？現在正是緊張温習的時候啊，下個月就高考了。」

祁臻笑笑說：「我免考。已經被燕京大學提早錄取了。」

「哇！」三個孩子異口同聲發出驚歎聲，眼裏冒出一串串仰慕的粉紅心心。

燕京大學是全國招生分數線最高的學府，能考上的已經是精英中的精英，可以媲美古代的進士了。眼前這位哥哥是免考被錄取的，那該是多麼逆天的優秀啊，簡直是狀元了！

童瑤還控制得住自己，王肅肅和王伊伊就簡直想五體投地向這位狀元哥哥跪拜了。

「祁臻哥哥，我對你的崇拜，就像滔滔江水呀奔流不息……」坐在副駕駛的王肅肅拚命往祁臻身邊靠，「嘻嘻，得沾點狀元哥哥的福氣，好讓我將來也能考上燕京大學。」

「喂喂，別鬧！」祁臻嚇得趕緊抓緊方向盤，免得被這孩子撞到了。

「肅肅，不要命啦！」童瑤從後面伸手打了王肅肅一下。

「嘻嘻，過兩年，我肯定能考上燕京大學，祁臻哥哥氣場強大，給了我很多正能量呢！」王肅肅得意洋洋地說。

看他那樣子，童瑤和王伊伊不約而同地撇撇嘴，「嗤」了一聲。

祁臻哈哈大笑：「小朋友，我先恭喜你了！」

「謝謝！」王肅肅得意洋洋的，一副找打的樣子。

童瑤和王伊伊一齊捂臉，沒眼看！

王肅肅為了保命不再靠着祁臻坐，但一直纏着他問這問那的，連王伊伊想插句話的機會都沒有。

童瑤好不容易打斷他們，問祁臻：「你們酒店有送客人去大本營的服務嗎？」

祁臻點點頭說：「有啊！你們等會在櫃台交錢預約就行。」

王伊伊插話說：「可以指定司機嗎？」

祁臻說：「應該可以吧！」

王伊伊拍手道：「太好啦，那我們要你開車送我們去，行嗎？」

祁臻笑着說：「本來我明天就打算回學校的。那就送完你們再回去吧！」

「哇，太好了！」

「祁臻哥哥，我愛你！」王伊伊王肅肅大喊大叫。

這兩傢伙，眨眼功夫就成祁臻的「鐵粉」了。童瑤在一旁直哼哼，這兩姐弟，沒救了。

王肅肅問道：「開車去大本營要多長時間？」

祁臻回答說：「一般都要三天。」

「三天！」王伊伊的臉馬上皺得像苦瓜似的，「坐三天車，好辛苦哦！童瑤，我們坐別的交通工具行嗎？比如說，飛機。」

在坐車可以跟帥哥一塊，和坐飛機快捷舒服之間，王伊伊毅然偏向了坐飛機。

童瑤搖搖頭，說：「本來有直升機可以很快去到大本營的，但是對我們不適合。」

「童瑤說得很對。」祁臻動作帥氣地把額前頭髮往後甩了甩，說，「我看你們年紀小小的，應該沒有經過高海拔的訓練吧？帕圖拉海拔才一千五百米，而大本營海拔是五千多米，如果你們坐飛機，一下子從一千多米去到五千多米的海拔，身體肯定受不了，甚至會有生命危險的。如果坐車去，時間長點，但身體可以一步步適應高海拔。」

王伊伊不吭聲了，坐三天車的辛苦，跟有生命危險相比，她又開始向坐車傾斜了。何況，還有帥哥看。

祁臻見童瑤他們選定了乘車，便說：「去大本營的行程安排，我給個建議你們。第一天，我們去隆中鎮，從帕圖拉到隆中約一百三十公里，車程約四小時。這段是山路，有點崎嶇，不過沿途可以欣賞風景，看看高山峽谷，森林河流，那就不會覺得路途遙遠。」

「嗯，不錯！」童瑤點點頭。

祁臻露出幾顆小白牙笑了笑，繼續說：「第二天我們由隆中去定陽，全程三百五十公里，路上時間約六小時。這段路就更美了，一路上可以看到雪域高原，峽谷河流，哇，風景壯麗開闊、叫人心曠神怡。」

祁臻滔滔不絕、如數家珍，讓童瑤和王伊伊王肅肅開始憧憬起未來的行程來了。

王肅肅迫不及待地問：「那第三天怎麼走？一路上也漂亮嗎？」

祁臻說：「第三天是由定陽去聖母峯大本營，全程一百二十公里，這段路是柏油路，很好走，兩小時就可以到達目的地。路上風景當然就更美了，你們想想，我們坐着車子，由遠到近，一步步走進雪山的懷抱，欣賞聖母峯在太陽照耀下熠熠生光的金色頂峯，那麼的美麗，那麼的壯觀，嘖嘖，令人沉醉！」

祁臻真不愧是準中文系學生，說話很有感染力，描繪也極富立體感，讓童瑤和王伊伊王肅肅恨不得馬上見到聖母峯的美麗身姿。

說着話，車子很快便到了預訂的酒店。熱心的祁臻帶着童瑤他們辦了入住手續，又預約了第二天去大本營的租車事宜。約好了明天出發時間後，祁臻才告辭離開。

童瑤三人去房間放下行李後，便出去逛商店。穿越的時候，他們以為只須去李昂家就能解決問題，沒想到卻要去聖母峯跑一趟。接下來的行程會越來越冷，他們必須買些厚點的羽絨衣，還有一些氧氣罐、藥品等等。

傍晚回酒店時，大包小包的，多了很多東西，除了一些必須的東西，還夾帶了王伊伊買的一些小玩意兒，還有王肅肅這個吃貨買的零食。

童瑤只是在一間精品店買了一個打火機——一枝可以握在手心的小手槍，一扣扳機，就能打着火，她打算送給爺爺。王肅肅見了，也風風火火地跑回精品店，買了一個同款的。

第二天早上，童瑤他們在酒店吃完早餐又退了房，來到酒店大堂時，發現祁臻已經坐在那裏等了。真是個盡職盡責的司機兼導遊啊！

見到童瑤他們，祁臻便站起來，迎上去，接過了他們手裏大部分東西，然後帶着他們走去停車場。

之後，他們就按着祁臻的計劃，向着聖母峯大本營出發了。

七　來錯了地方

一路上，祁臻無微不至地照顧着三個孩子，孩子們也越來越喜歡這個學習很厲害的、熱情開朗的大哥哥。王肅肅繼續把他的説話能力發揚光大，嘰嘰喳喳地説東説西，或者問這問那的。祁臻也樂意跟他説話，他也怕幾個孩子受不了高海拔氣候，一路上聊聊天，有助他們放鬆。

閒聊中，童瑤他們知道了，祁臻原來給聖母峯的登山隊當過好幾次協助人員。每一個登山隊都會請一組協助人員，以確保成功登頂。這些協助人員除了帶路之外，還為登山者們提供固定繩索、鋪設階梯、搬運行李、烹飪食物等各種服務。每趟登山之旅，這些協助人員往往要往返二十多次，給登山者們的營地運送裝備和物資，因此比普通登山者更苦更累，而且還會面臨更高的危險係數。這是一羣很敬業很值得尊重的人。

王肅肅好奇地問道：「祁臻哥哥，那你有沒有登上過峯頂？」

祁臻遺憾地說：「沒有。我一般都是留守大本營，最高只上過三號營地。」

王肅肅覺得好奇怪，又問：「為什麼不努力一下，登上峯頂呢？是你身體不行嗎？」

祁臻搖搖頭說：「不是。是因為其他一些原因，我媽媽不讓我去。」

「啊！」童瑤三個人異口同聲地喊了一聲。

還以為只有他們這些小屁孩才會被家長管，沒想到已成年的祁臻哥哥也有這個煩惱。

王肅肅這個好奇寶寶最喜歡追根問底，又問：「你媽媽為什麼不許你登頂？」

「這個嘛……」祁臻沒繼續說下去。

童瑤看出祁臻好像不怎麼想繼續這話題，便打了王肅肅的頭一下，說：「問那麼多，真是個問題兒童！」

王肅肅脖子一縮，笑嘻嘻地說：「人家好奇嘛！」

老實了一會兒，王肅肅又不甘寂寞了：「祁臻哥哥，登山運動是什麼時候開始的？」

「現代的登山運動，國際上一般認為起源於十八世紀後期的歐洲。一七六〇年五月，瑞士有位名叫索修爾的科學家，他為了研究高山植物，在阿爾卑斯山下的一個小村莊貼了一張告示，説是凡能登上或提供登上阿爾卑斯山最高峯——勃朗峯之巔路線者，將以重金獎賞。告示貼出一直沒有回應。直到二十六年後，一位鄉村醫生巴卡羅出來應徵，他與採掘水晶石的巴爾瑪在一七八六年八月六日向勃朗峯進發，在八月八日下午，他們在人類史上首次登上了西歐的最高峯——四千八百零七米的勃朗峯。接着，索修爾與幾位科學界友人在巴爾瑪的幫助下，在一九八七年八月三日再次登上了勃朗峯之頂，揭開了現代登山運動的序幕。後來，人們把登山運動稱為『阿爾卑斯運動』，把索修爾、巴卡羅和巴爾瑪譽為世界登山運動的創始人……」

作為少年登山俱樂部的成員，有關這方面的知識童瑤都知道，但重溫一下，也聽得興致勃勃的。王伊伊王肅肅是第一次聽，就更感興趣了。

祁臻話音剛落，王伊伊又問道：「祁臻哥哥，聖母峯是世界最高峯，那最早登上聖母峯的是什麼人？」

祁臻説：「自從美國探險家羅伯特·皮爾里一九〇九年到達北極，羅德·阿蒙森率領挪威探險隊於一九一一年抵達南極之後，被稱作第三極的聖母峯就成為探險家們追求的目標。很有影響力的登山家岡瑟．歐．狄倫弗斯說過，登臨聖母峯是『全人類共同努力的目標，是一項無論付出多大代價都不能退卻的事業』。而事實上，為了征服聖母峯，人們付出了慘重的代價。自一八五二年錫克達發現聖母峯起到最終被登臨的一百零一年間，聖母峯共奪去了二十四條生命，挫敗了十五支探險隊。首次登頂聖母峯的，是新西蘭登山者艾德蒙．希拉里，和尼泊爾嚮導丹增．諾爾蓋。時間應該是一九五三年五月。」

「哇，他們好厲害哦！」王肅肅一臉的崇敬。

「對，他們的勇氣很值得我們佩服。」祁臻點頭說。

一路上，他們愉快地聊着，欣賞着沿途的美麗景色，而陸續出現的各種高原反應，好像也不那麼令人難以忍受了。

正如祁臻所說，這段路海拔上升雖然較大，但上升幅度較為平緩。而且，他們把路程分為三天行駛，每到一個海拔上升點便能得到休息調整，加上他們都是身體健康的小孩兒，所以對越來越高海拔的環境，竟也能慢慢適應。

經過了三天行程，他們終於來到目的地了。

到達的時候，他們因為前一天晚上睡得不大好，有點昏頭昏腦的。車子緩緩停下，祁臻對三名乘客説：「聖母峯大本營到了。」

「太好了！」三個小傢伙頓時精神一振，拉開車門跳下車。

不遠處的巍巍高山，白雪皚皚，莊嚴而神聖，就像一位高高在上的天神，而最高的聖母峯在陽光照耀下金光閃耀，彷彿天神頭上的黃金冠冕。童瑤和王伊伊王肅肅抬頭仰望着，全都沉醉了。

這一刻，他們都覺得，世界因聖母峯而壯麗！

因為這些雄偉壯麗、直插雲天的山峯存在，才使得人類能夠嘗試靠自己的身體觸摸到離宇宙最近的天際。

好不容易從震撼中回過神來，童瑤一看周圍環境，不禁「咦」了一聲。這是大本營嗎？怎麼不像呀？

不是應該像許多照片上那樣，有很多登山隊員住的帳篷，帳篷上插着不同國家的國旗，還有，路上走着的應該都是些積極備戰、準備攀登聖母峯的登山隊員呀？

可現在……

童瑤來之前曾大量閱讀了有關攀登聖母峯的文章，她記得很清楚，有一篇文章就這樣寫道：大本營營地，其實就是由各款大大小小、世界頂級品牌帳篷組成的大型臨時地球村。每年同一時間，全球四十至五十多家登山營地就集中在這個長約四公里、寬約二點五公里，三面環山的狹長地帶……

可眼前的「大本營」，那麼小小的一塊地方，只有十來家花花綠綠的帳篷旅館。其實叫旅館都顯得有點名不符實，說白了就是一頂頂很大很寬敞的軍用帳篷而已。還有就是零零落落幾家茶館、小飯館。最惹人注目最有看頭的，就是那間寫着「世界上最高海拔郵政局」的小屋子了。

眼睛可見的百來個人，有男有女，有老有少，有些在豎着兩根手指擺姿勢讓同伴照相，有些傻呼呼地看着遠處的雪山作遐想狀，有些圍坐在一起嘻嘻哈哈打打鬧鬧……總之橫看豎看，怎麼也不像那些充滿活力、積極備戰的登山隊員。

童瑤身旁的王伊伊和王肅肅心裏也挺疑惑的，啊，這就是大名鼎鼎的登山大本營呀?!那個大胖子登山時走得動嗎？還有站在郵政局門口瘦得像竹竿的人，恐怕風一吹就會掉到山腳了吧！

這時，祁臻把車子泊好，回來了。

「童瑤，請問你們是打算在這裏住一晚上，還是拍完照就走。如果不留宿的話，你們可以在這停留兩小時，然後我送你們回定陽住酒店。」

童瑤轉頭看着祁臻，說：「祁臻哥哥，這裏就是聖母峯大本營嗎？」

祁臻很肯定地說：「是呀，這裏就是聖母峯大本營。」

王伊伊睜着大眼睛，狐疑地說：「真是聖母峯大本營？登山隊員在哪裏？登山隊的帳篷在哪裏？」

祁臻愣了愣，隨即笑了起來：「呵呵呵，你們誤會了，你們說的是另一個大本營，不是這個遊客大本營。」

王肅肅眼睛瞪得大大的：「那怎麼不送我們去那個大本營？」

「對不起，我一直以為你們要去的大本營，就是這個遊客大本營。」祁臻一臉的抱歉，「因為一般遊客所說的大本營，都是指這裏。你們說的那個大本營，只許登山隊員和協助人員進去，遊客是不能進的。」

「啊！」這是童瑤他們沒想到的，全傻了。

八　最佳編劇兼最佳演員

祁臻見童瑶他們失望的樣子，撓撓頭，然後說了一句「對不起」。

童瑶擺擺手，說：「這不關你的事，是我們沒了解情況。」

王肅肅苦着臉拉拉童瑶，說：「瑶瑶姐姐，怎麼辦呢？」

王伊伊也大大地歎了一口氣：「唉，進不去大本營，我們就白來一趟了。」

童瑶堅決地說：「別洩氣！世上無難事，只怕有心人。」

她想了想，又對祁臻說：「祁臻哥哥，真正的大本營離這裏遠不遠？」

祁臻回答說：「不遠，大約半小時的車程。」

童瑶說：「那太好了，你送我們去行嗎？」

祁臻眨眨眼，有點不能理解：「啊，你們還是要去？去了也進不了大本營呀！」

童瑶笑着說：「你只管送我們去就是。」

祁臻聳聳肩，好像有點無奈，說道：「好吧，我送你們去。」

去登山大本營的路，出乎意料的十分平整，剛好半小時，祁臻就把童瑶三人送到了目的地。

嘩，這才是真正的登山大本營呀！

大本營三面環山，整個營地呈長條形，綿延三、四公里，數不盡的帳篷，各式各樣，五顏六色，仿如一頂頂大蘑菇，散落在雪地上。

每個帳篷旁邊，都有一枝不同顏色不同圖案的國旗在迎風飄揚，發出「霍霍」的聲響。通道上，不同膚色不同國籍的人在來來往往，真不愧被稱為「地球村」啊！

大本營，我來了！童瑶心裏一陣激動，小念念，我們很快會帶你爸爸回家的。

童瑶對祁臻說：「謝謝你陪了我們一路，把我們送到目的地。我們後會有期。」

祁臻愣了愣，說：「你們不回去嗎？這裏沒有回定陽的公共交通工具，等會你們怎麼離開這裏？我得把你們送回定陽，送回帕圖拉去。」

童瑶說：「我們還不知道要呆多長時間，你先回去吧，你還要回學校呢！」

祁臻一臉的着急：「童瑶，你們進不去的。你們既不是登山隊的人，也不是協作人員，入口有工作人員把守，他們不許你們進去的。等會你們進不去，但我又已經開

車走了，你們怎麼辦？」

「瑤瑤姐姐，你是在玩『破釜沉舟』嗎？」王肅肅很是興奮，他拉開祁臻的車子的駕駛室門，推祁臻上車，說，「祁臻哥哥，你走吧，你走了，我們就一定想到辦法進大本營的了！」

祁臻無可奈何地上了車，但卻不開走，坐在駕駛室裏看着童瑤他們。

「祁臻哥哥，微信聯繫。」

「祁臻哥哥，我會想你的！」

童瑤和王伊伊王肅肅，走到距離大本營入口十幾米遠的地方停了下來，耐心地觀察着。

入口處有兩名護衞員守着，每個進去的人，都會掏出一張許可證給他們看，然後才獲准進入。

王肅肅眨眨眼睛：「真的要看證件才能進去呢！」

王伊伊有點沮喪：「那怎麼辦？」

「一定會有辦法的。」童瑤堅定地說。

童瑤忽然看見了一支二十幾人的隊伍。這支隊伍都是些十七八歲的年輕人，由一名中年阿姨帶着，正向大本營入口走來。童瑤眨眨眼睛，心裏想着主意。

隊伍經過了童瑤三個人身邊，走向大本營入口。護衛員攔住他們，要驗看許可證。

阿姨拿出一份文件，說：「你好，我們是天藍環保組織的人，來大本營幫助清理垃圾。這是介紹信。」

護衛員接過阿姨遞來的文件，看了看，便交回女子，說：「進去吧！」

「謝謝！」阿姨回頭對那些年輕人說，「排好隊，別跟丟了。」

每年四月份開始，大本營會聚集上千名由世界各國的登山者、協作者、後勤人員等組成的龐大隊伍，這段熱鬧的時間一直持續到五月底登山季結束，所有人員撤離。期間一些缺乏環保意識的人，會把一些生活垃圾到處亂扔。附近市鎮的環保組織，會不時派人來這裏，撿拾廢棄物品，送到指定垃圾場，保障大本營的環境清潔。

童瑤知道機會來了，她對王伊伊王肅肅說：「哎哎哎，拿好東西，跟着我走。」

等那隊人進入了大本營，走了十多米之後，童瑤拖着行李衝向入口處，朝着那隊人喊了一聲：「嘿，怎麼不等等我們！」

王伊伊和王肅肅急忙跟在她後面。

兩名護衛員攔住童瑤三個人：「停下，你們的許可證呢？」

「我跟他們一起的。」童瑤指指那隊人，又頓腳說，「哎呀，快讓我們進去，他們要走遠了！」

兩名護衛員見到童瑤着急的樣子，相信了他們是環保組織的人，便說：「走吧走吧！」

童瑤說了一聲「謝謝」，便急急地走進大本營，王伊伊王肅肅緊跟在她後面。三個人一直跟着那隊環保人士，直到離開入口遠遠的，才停了下來。你看看我，我看看你，然後嘻嘻哈哈傻笑起來。

王伊伊朝童瑤豎起大拇指，說：「瑤瑤，你太棒了，得頒你一個奧斯卡最佳編劇獎、最佳演員獎！」

童瑤得意地說：「天下無難事，只要動腦子。」

王肅肅朝童瑤豎起大拇指說：「瑤瑤姐姐最厲害了！」

九　我來過，我很帥

進入大本營之後，天色漸漸昏暗了。童瑤三個人決定先找一個可以安身的地方。向一名路過的叔叔打聽了一下，知道這裏有帳篷出租，便按叔叔指點的方向找去了。

不斷地走過登山者的帳篷，遇到的人都會用不同的語言，友好地跟他們打招呼，雖然有些聽不懂，但都知道是善意的問候，所以童瑤他們都一律微笑回應。

繞過了一頂又一頂帳篷，走得腿也瘦了，肚子也餓了，才找到帳篷出租的地方。一個臉上長着連腮鬍子的叔叔，給他們介紹了一頂日租五百元的帳篷，租金不便宜，不過帳篷很新很大，足夠容納四五個大人，所以他們三人住是十分寬敞了。

童瑤帶了爺爺給的提款卡，而這大本營裏又很神奇的竟然設有取錢的銀行櫃員機，所以錢方面不用愁。

童瑤很快去櫃員機取了錢。

「叔叔，我們先交兩天的錢。」童瑤把錢遞給鬍子叔叔。

「好的。」鬍子叔叔接過錢，又問，「麻煩出示一下進入大本營的許可證。」

「啊！」童瑤沒想到要看證件，尷尬地說，「噢，我……」

童瑤不習慣說謊，支唔了一會兒，便決定實說了：「對不起，我們沒有許可證……」

「叔叔，租給我們吧！」王肅肅大眼睛一眨一眨扮可愛。

「叔叔，幫幫忙好不好？要不我們要在露天睡了。」王伊伊苦着臉裝可憐。

「實在對不起，這是大本營的規定，沒有許可證就不能進大本營，也不許租帳篷。要是我租給你們，我也違反了規定，要受罰的。」鬍子大叔是個遵紀守法的人。

「不要緊，謝謝叔叔。」童瑤不想讓叔叔為難，拉着王伊伊王肅肅走出了租借處。

「嘿！」鬍子叔叔追了出來，說，「你們還是趕快去大門口那裏，看看還有沒有車回去。你們不能留在這裏，營地有巡邏隊巡邏的，你們沒有營地許可證，會有麻煩的。」

「謝謝叔叔！」童瑤和王伊伊王肅肅異口同聲向鬍子叔叔致謝。

雖然鬍子叔叔不肯租帳篷給他們，但他的關愛之心也是要感謝的。

又累又冷，三個人找了塊大石坐下來，不約而同地歎了一口氣：「唉——」真是一波三折啊！好不容易溜了進來，卻又在租借處翻了船。沒有帳篷阻擋寒風，茫茫寒夜怎麼度過？

「瑤瑤姐姐，我冷。」大本營夜晚的天氣往往會掉到零下十幾度，王肅肅凍得縮成一團。

「瑤瑤，我也冷～～」王伊伊凍得說話也打顫。

童瑤是他們好友三人組的小頭目，這兩孩子習慣了有困難找童瑤。

可童瑤這時也沒法幫他們了，一來她並不是一台暖氣機，二來她也冷得牙齒打架、手腳冰涼，連給好朋友捂捂手送溫暖也辦不到。她有氣無力地說：「帶着的衣服全穿上了沒？」

「全穿上了。」王肅肅說，「剛剛學超人哥哥，把小內褲也穿在外面了。」

童瑤和王伊伊嫌棄地看了他一眼。怪不得總覺得他怪怪的，原來是模仿超人哥哥小褲褲外穿。

天氣繼續冷，人繼續抖。童瑤說：「不行，我們得想個辦法，我們去那些帳篷問問，看那些叔叔伯伯能不能收留我們一夜。」

王肅肅繼續縮：「我不想動，沒勁。」

王伊伊繼續抖：「我也不想動，好累。」

看着這兩個寧死不動的懶傢伙，童瑤實在無語。

王伊伊自言自語着：「我們會凍死在這裏的。凍死的樣子不知道會不會很難看，看來我得先化化妝。」

王肅肅嘟嘟囔囔的：「我希望在我墓碑上寫上『我來過，我很帥』。」

童瑤很鄙視這兩個死要臉的笨蛋，決定挪開一點，裝作不認識他們。

她想起了自己買的那個打火機，急忙拿出來，啪地一下把火打着了。如豆的火光，給這冰天雪地添了一些些温暖。

「我也有我也有！」王肅肅被提醒了，也拿出自己買的一個打火機，啪一下打着了火，「哇，我成賣火柴的小男孩了！」

王肅肅瞇起眼睛看着小火光，嘴裏唸起自己改編過的《賣火柴的小女孩》故事片斷：「……多麼温暖多麼明亮的火焰啊……小男孩覺得自己好像坐在一個大火爐前面，火爐裝着閃亮的銅腳和銅把手，燒得旺旺的，暖烘烘的，多麼舒服啊！」

王伊伊接着説：「我看到我們坐在温暖的帳篷裏，桌上鋪着雪白的枱布，擺着精緻的盤子和碗，肚子裏填滿了蘋果和梅子的烤鵝冒着香氣。嗚哇，鵝從盤子裏跳下來了，背上插着刀和叉，搖搖擺擺地在地板上走着，一直向我走來……」

童瑤沒好氣地接着説：「……第二天清晨，三個小孩坐在大本營的一個角落裏，兩腮通紅，嘴上帶着微笑，他們死了，凍死了，小男孩手裏還拿着一個冰冷的打火機……」

「哇，真死啊！呸呸呸，瑤瑤姐姐，你吐口口水再説過，我們不會死的，不會死的！」王肅肅用幽怨的小眼神看着童瑤。

「你們又是想死得好看，又是為自己設計墓碑文字，不是很想死嗎？」童瑤一手一個扯起王伊伊和王肅肅，「知道賣火柴的小女孩為什麼死了嗎？就是因為她一動不動坐在雪地裏，也不想想辦法找家商場什麼的避避寒冷。不想死的，就趕快跟我走！」

「好吧！」兩個又懶又不想死的小孩無奈地站了起來。

正在這時，響起一把熟悉的聲音：「咦，怎麼是你們？」

「祁臻哥哥?!」王肅肅像見到救星一樣，撲到來人懷裏，「我快要冷死了！」

童瑤和王伊伊都一臉驚喜。

祁臻見到三孩子都冷得臉青唇白，便說：「快去我帳篷！」

祁臻帶着他們走進了一頂藍色的帳篷，又每人倒了一杯熱開水。好一會兒，他們才慢慢緩過來。

童瑤有點奇怪，問道：「祁臻哥哥，你怎麼進大本營了，你不是駕車走了嗎？」

「我怕萬一你們進不來大本營，想離開又沒有車，就停下車看你們情況。見到你們進了大本營，本來想走的了，但剛好碰到之前合作過的一位朋友，他被一個登山隊聘請做登山協助組的組長。他們組裏原來請的一個人突然病了不能來，問我想不想幹。我答應了，就留在了這裏。這次，我打算瞞着我媽媽衝頂。」祁臻很興奮地說。

童瑤聽了急忙問：「你們為哪一支登山隊提供協助？」

童瑤心想，別是那兩支在五月十號登頂的、死了八個人的登山隊吧！

祁臻說：「『勇士』登山公司的登山隊。」

「啊！」童瑤和王伊伊王肅肅一齊喊了起來。天哪，別那麼巧好不好，「勇士」登山隊，就是十號登頂的其中一支隊伍呀！

祁臻盯着三個孩子，不知道他們為什麼這樣震驚。

「祁臻哥哥，你趕快走吧！別去參加什麼『勇士』公司登山隊的協助組了。好不好？」王肅肅搖着祁臻的手。

「祁臻哥哥，你快回學校吧！你不是說回學校有事嗎？」王伊伊也一臉着急地說。

童瑤接着王伊伊的話，使勁點頭「嗯嗯嗯」。

祁臻有點奇怪三個孩子為什麼一致反對他參加協助組，便說：「我是回去籌備畢業晚會，但不是很急的，遲些也行。我已經答應朋友幫忙了，還簽了僱用合同書呢，要退出也不行了。」

童瑤和王伊伊王肅肅互相瞅瞅，都愁眉苦臉的，如果這次不能阻止悲劇發生的話，那祁臻豈不是很危險！

天哪，那自己不就成了害死祁臻的兇手?!

本來，祁臻把他們從飛機場接回酒店後，便打算回學校了，是他們要求祁臻開車送他們去大本營，他才來到這裏，也才會碰到朋友，受僱成為「勇士」登山隊的協助人員。也就是說，是因為他們穿越時空來到這裏，改變了祁臻哥哥的人生軌跡。如果因為這個改變導致祁臻出了事，他們難辭其咎。

三個孩子越想越感到忐忑不安。

祁臻挺莫名其妙的，怎麼想也想不明白，這仨孩子幹嘛神經兮兮反對他參加協助組。既然想不通，乾脆就不想了，他便轉移話題，問道：「你們不是說來找人的嗎？還沒找到？沒找到也得找地方住下呀，這麼冷的天，留在戶外，會凍壞的。」

「我們還沒找到人呢！我們也沒許可證，所以租不到帳篷。」王肅肅嘟着嘴說。

「啊，這樣啊！」祁臻說，「這帳篷是我一個人住的，今晚你們三個人就在這裏擠擠吧。我去朋友的帳篷住。」

「謝謝祁臻哥哥！」三個孩子都很高興，這回不會跟賣火柴的小女孩一樣，凍死在雪地上了。

「不用客氣！你們好好休息。」祁臻說完，轉身要走了。

「祁臻哥哥，等等。」童瑤喊了一聲。

「怎麼啦？」祁臻停住腳步。

童瑤不知用什麼理由說服祁臻，她說：「我……我，祁臻哥哥，別參加勇士登山隊的協助組了，好不好？」

祁臻一愣，不可思議地看着童瑤，不知道她為什麼這樣堅持：「為什麼？希望你告訴我。」

童瑤很為難：「對不起，我不知道怎麼說好。反正，讓你走是為了你好，時間會證明這一點的。」

祁臻有點動容，他說：「謝謝你童瑤。謝謝你的關心，但我跟隨勇士隊登山是不會改變的，君子一言，駟馬難追。答應了人家的事就得去做，去做好。何況，這次我還想登頂。好了，好好休息，再見。」

童瑤無奈地看着祁臻的背影。明天無論如何要說服李昂不要在十號衝頂，如果成功的話，那祁臻也不會陷入危險了。

「哇，好好玩啊！」祁臻走後，王肅肅高興地躺在帳篷裏，滾過來滾過去，十分開心。

童瑤在滾到她身邊的王肅肅身上打了一下，說：「不是三歲小孩了吧，別鬧好不好。在高海拔的地方不能動作太大。等會喘死你。」

王肅肅嚇得立即停下他的幼稚行為。

童瑤從背囊裏拿出一小袋蛋糕，遞給王伊伊一個，說：「趁着杯子裏的水還沒結冰，趕快喝點，再吃點東西。」

「我也要我也要！」王肅肅一見到姐姐們吃東西就馬上覺得肚子餓了，伸手問姐姐們要吃的。

「拿着！」童瑤把手裏的袋裝蛋糕交給王肅肅。

王伊伊吃了幾口，就把蛋糕放下了，她苦着臉說：「瑤瑤，我頭痛。」

童瑤把手裏的蛋糕塞進嘴裏，說：「我給你揉揉。」

童瑤坐到王伊伊身邊，替她按摩兩邊太陽穴。

王肅肅本來在大口大口吃蛋糕，突然覺得胸口發悶，吃下去的東西好像堵在喉嚨似的。同時，頭也痛起來了，一下一下的，像有個錘子狠狠地往腦袋上敲、敲、敲。

「瑤瑤姐姐，我很難受，胸悶想吐，頭好疼……」王肅肅苦着臉說。

其實童瑤自己也開始覺得不舒服了。畢竟他們是身處五千多米的高海拔地帶，出現高山反應，這是難免的。之前大家都把注意力放在如何偷進大本營，之後又在外面受凍，反而高山反應不怎麼明顯。現在安定下來，問題就都跑了出來。

幸虧童瑤早有準備，她從行李箱裏拿出小藥袋，取了三份藥，把其中兩份交給王伊伊和王肅肅，讓他們趕緊服下，然後她自己也服了藥。

童瑤把病歪歪的王伊伊塞進睡袋裏，幫她拉上拉鏈，轉頭又去看看王肅肅情況。幸虧這小傢伙知道自己是男子漢，不能麻煩姐姐，自己乖乖地鑽進了睡袋，又笨手笨腳地拉拉鏈。童瑤爬過去，替他拉上了。

「謝謝瑤瑤姐姐。」王肅肅像個蠶寶寶一樣縮在睡袋裏，童瑤見了想笑，但頭痛欲裂，笑不出來。

「盡量別動來動去，好好睡一覺，明天起來會好很多的。」童瑤說完也鑽進了睡袋。本來想好好想想明天怎樣跟李昂說的，但禁不住頭痛難忍，便放棄了，乾脆什麼也不想，慢慢就睡着了。

十　早上好，大本營

第二天天剛亮，童瑤就被外面一陣陣嘈雜的聲音弄醒了。大本營裏的人大概都早起，畢竟天氣太冷，躺在睡袋很難翻身，也睡得不舒服。

童瑤感受一下身體狀況，沒覺得有什麼不舒服，看來臨睡前吃的藥起作用了。看看帳篷裏，兩個「蠶寶寶」都在睡袋裏不住的蠕動着，看上去應該都醒了，只是賴着不想起來。

風把帳篷吹得呼呼響，相信外面一定很冷。童瑤往睡袋裏縮了縮，其實她也不想離開温暖的被窩。可是想想，自己來這裏不是為了睡懶覺的，得趕快找到李昂叔叔，好好跟他談談，告訴他山難的事，請他放棄登山計劃。

如果李昂叔叔肯接受自己意見，那祁臻也能安全了。

童瑤爬起身，穿上所有禦寒衣物，毅然決然地起來了。拉開帳篷的拉鏈往外面看去，發現天已開始亮了，東方天際絢麗多采、層雲盡染。她不由得興奮地喊道：

「嘿，你們快起來，太陽快要出來了！」

「嗯。」王肅肅首先響應。他拉開睡袋拉鏈，急急地穿着衣服。

「還有不舒服嗎？」童瑤問道。

「嘻嘻，老虎也可以打死一隻！」

這小孩身體素質挺好的啊！

王伊伊慢吞吞坐了起來，好像有點迷糊的樣子，臉色也不大好，眨了眨眼睛，又往後一倒，躺了下去：「唔……童瑤，我頭暈，我想繼續睡。」

童瑤說：「你昨晚就沒吃多少東西。起來吃點東西，再服一次藥，然後再睡，好不好？」

「好吧！」王伊伊說完，懶洋洋地起身穿衣服。

等王伊伊穿好衣服，童瑤才拉起帳篷，領頭鑽了出去。

多彩的朝霞，黃、橙、藍、紫、金，就像打翻了調色盤，漫延了天空，渲染了山巒……

慢慢地，太陽一點一點地爬上來了，一彎，半圓，緊接着整個太陽呈現在人們面前，紅彤彤的，但又一點也不刺眼⋯⋯

連病歪歪的王伊伊，也忘了頭昏，看得張大了嘴巴。

「嘿，早上好！昨晚睡得怎樣？有沒有不舒服？」這時祁臻來了，手裏提着給三個孩子的一袋麪包和幾個水果。

「祁臻哥哥早！」王肅肅向祁臻訴苦，「昨晚頭很痛，胸口發悶呢！幸好瑤瑤姐姐帶了藥，吃了就睡，現在好多了，只要不做劇烈的動作，就沒事了。」

「我也還好，只是伊伊還是很不舒服。」童瑤擔心地看着王伊伊。

「嗯。」王伊伊點點頭，一副委靡不振的樣子。

祁臻安慰說：「不要緊，如果平時身體不錯的話，慢慢會適應的。記住行走宜慢不宜快，宜靜不宜動，體力上不要有太大的消耗，吃的東西要以清淡為主，多食蔬菜水果，辛辣食物少吃，以免加重消化器官負擔。還有就是多喝水。如果仍覺得不舒服，就來找我，我請隨隊醫生給你們診治。」

「祁臻哥哥，你真好。幸虧在這裏碰到你，不然我們都不知道怎麼辦。」王肅肅抱着祁臻，撒嬌說。

「別客氣，小事一樁！」祁臻好像想起了什麼，又問，「你們不是要找人嗎？要找什麼人，看我能不能幫忙。」

王肅肅說：「祁臻哥哥，我們要找的人叫李昂。」

「你們要找李昂？『山之光』登山隊的隊長李昂？」祁臻揚起了眉毛，感到很意外，「真巧！我這次協助的『勇士』登山隊，就是打算和他們的登山隊一同訓練，並計劃同日衝頂。等會我還要送份文件去他們登山隊呢！算你們運氣好，本來李昂隊長已經隨隊出發訓練了，昨天才跟我們隊長羅思一塊回了大本營，不過應該等會兒就要歸隊了。這樣吧，等會你們漱洗好，吃完早餐，就去找我，我帶你們去找他。」

「謝謝祁臻哥哥！」童瑤很高興，真是一個好的開始呀！

祁臻指指不遠處一頂藍色的帳篷，說：「我就住在那頂帳篷，你們等會去那裏找我。」

童瑤點點頭，說：「嗯，好的。」

祁臻走後，三個孩子便進行了簡單漱洗。

「嘔……」王伊伊刷完牙，忽然乾嘔起來。

童瑤趕緊扶住她：「怎麼啦？」

王伊伊有氣無力地說：「想吐，又吐不出來。」

「肅肅，快來幫忙。」童瑤朝帳篷裏喊。

童瑤和王肅肅都很擔心，趕緊把她扶回帳篷。

給王伊伊吃了藥，又逼着她吃了點麪包，然後讓她躺進睡袋休息。大概藥物可以幫助睡眠，王伊伊很快睡着了。

童瑤給王伊伊理順了一下睡袋，讓她睡得舒服點。

「肅肅，過來！」童瑤朝着王肅肅上下端詳着，弄得王肅肅有點莫名其妙。

童瑤把王肅肅羽絨服的帽子拉得低低的，又把他圍巾拉高點，把大半張臉都遮住了，然後再拿出一個墨鏡，給他戴上。

然後，童瑤自己也做了跟王肅肅差不多的打扮。

「真帥！」王肅肅拿起姐姐的鏡子照來照去，自我陶醉了一番，又自作聰明地問道，「瑤瑤姐姐，現在誰也認不出我們了，我們要去做壞事嗎？」

童瑤實在鬱悶，跟這樣一個怪念頭多多的臭孩子做朋友，真是不容易啊！

「做你個頭！」童瑤拍了王肅肅腦瓜一下，「我們不能讓別人看到臉，小孩子家家出現在這登山大本營，會被巡邏隊懷疑的，查驗營地許可證怎辦？」

「哦，知道了。」王肅肅傻笑着摸摸腦袋。

「走，咱們現在去找祁臻哥哥，讓他帶我們去『山之光』登山隊的指揮帳，去見李昂叔叔。」童瑤拉着王肅肅的手。

「咦，要是這年代的人知道我們是未來世界的人，會不會對我們五體投地、頂禮膜拜，像追星族那樣追着我們？」王肅肅很興奮。

童瑤故意嚇唬他：「頂禮膜拜就不會了，關在實驗室裏研究就有你的份兒！」

「啊，不要不要！那豈不是成了小白鼠？」王肅肅驚叫道，但他又馬上露出一副視死如歸的神情，「只要能救到人，小白鼠就小白鼠吧，我要做一隻世界上最可愛的小白鼠！」

童瑤朝他腦瓜又是一下：「走吧，小白鼠！」

十一　別開玩笑了

童瑤和王肅肅跟着祁臻，在五顏六色的帳篷「森林」裏穿插着。營地很熱鬧。不同膚色、操不同語言的人們熙來攘往、忙忙碌碌的。

好奇寶寶王肅肅東張西望的：「好多人啊！祁臻哥哥，這裏一年到頭都這麼多人嗎？」

「不是的。受氣候影響，這一帶每年四月初至五月末、九月初至十月末，會出現相對其他季節更穩定的天氣，是攀登聖母峯的最佳季節。用登山者常用的專業用詞，也就是屬於『衝頂視窗期』。據資料統計，四月初至五月末登頂成功率是百分之六十六，而九月初至十月末登頂的成功率就不到百分之二十九，所以登山團隊基本上會選擇在四月初至五月末這段時間攀登。」

「哦，我明白了，這裏四五月份才會這麼多人。」王肅肅想了想又問，「一次登山活動，通常要用多長時間？」

「需要一個半月到兩個半月，甚至更長時間。」

「哇，登山要這麼長時間啊！」王肅肅很驚訝。

「是呀！因為攀登聖母峯不可以一鼓作氣地衝上峯頂，要分階段做適應性攀登。登山隊員先在一號、二號營地之間，反覆進行高度適應性訓練，之後再攀升到三、四號營地，在四號營地充分休息和適應後，才一鼓作氣衝上頂峯。

「哦，我明白了。」王肅肅不住地點頭。

三個人繼續向前走着，一路上熱鬧得就像個市集。

大本營營地，其實就是由各種大大小小、五花八門的帳篷組成的。除了各個國家的登山營地之外，還有聖母峯修路人員營地、科學考察人員營地、聯絡官營地、醫療救助站、巡邏隊營地和小超市、小酒吧，還有直升機停機坪、垃圾回收站、牦牛運輸隊等。

而各國的登山營帳又有多種——廚房帳、餐廳帳、指揮帳、倉庫帳、沐浴帳、廁所帳……

怪不得祁臻說在大本營找人不容易。

行走間見到有些人拿着垃圾袋撿垃圾，相信就是昨天見到的那隊環保組織的人。

童瑤想起互聯網上看到的「聖母峯垃圾成災，成噸的垃圾與糞便，已經開始散發出惡臭，聖母峯成為世界海拔最高的垃圾場」，便問道：「聽說登聖母峯的路上，沿途很多垃圾，是真的嗎？」

「不不不！」祁臻笑着說，「那是過去的事了。近年來地方政府採取了措施，向每支登山隊收取四千美元的垃圾保證金，規定登山隊裏所有成員下山時須帶回八公斤的垃圾和人類排泄物，如果沒能做到，保證金將被沒收。所以，現在情況改善很多了。特別是大本營，隨地扔垃圾會遭人鄙視的。」

童瑤點了點頭，還好！要是在一片白雪皚皚的美麗雪地上，到處是垃圾糞便，那就真是大煞風景了。

走了十幾分鐘後，祁臻指着前面一頂黃色的大帳篷，說：「到了，那就是『山之光』登山隊的指揮帳。」

童瑤和王肅肅互相瞅瞅，都不約而同緊張起來。

祁臻快走幾步，走到指揮帳前，大聲喊道：「李昂隊長，李昂隊長在嗎？」

「誰呀？」帳篷裏有人探出頭來，緊接着，一個高大健壯的三十多歲的叔叔走了出來，「我是李昂，哪位找我？」

「你好，我是勇士隊的協助祁臻，是送文件來的。」祁臻說完，把一個公文袋交給李昂。

「哦，謝謝你！」李昂接過公文袋，剛要說什麼，突然感覺到兩道熾熱的目光。兩道熾熱目光的主人，心裏激動得快要大叫起來了。試想想，一個已經去世了的人，活生生地站在自己面前，相信誰也無法平靜。他們心裏都有一個聲音在大喊：小念念爸爸，終於找到你了！

李昂發現兩個穿戴得嚴嚴密密、臉上還架了副墨鏡的人，看不出男女和年齡，正死死地盯着他。

祁臻見李昂在看童瑤兩人，忙介紹說：「這兩位是來找你的。」

「找我？你們是……」李昂詫異地打量着童瑤兩個。

王肅肅說：「李昂叔叔，我們是小念念的朋友，我們是受小念念所託，來找你的。」

「小念念？小念念是誰？」李昂有點莫名其妙。

「啊，他不就是你的……」王肅肅急了。

童瑤急忙扯了他一下。

這笨蛋！李昂給自己沒出生的孩子起名叫「念」，是在之後跟妻子作最後告別時臨時想到，目的是讓孩子記住沒見過面的父親。現在這個時候，李昂還沒這想法呢！他當然不知道小念念是誰了。

童瑤急中生智，說：「李昂叔叔，是您太太讓我們來找你的。」

「哦？我太太叫你們找我？她沒什麼事吧？」李昂好像嚇了一跳，但很快又平靜了，「噢，我早上起來還跟她通過電話呢，她不會有什麼事的。喲，外面冷，你們進來坐吧！」

「我還有事要忙，不進去了。」祁臻很有禮貌地謝絕了，他又對童瑤和王肅肅說，「你們談完就來找我，我替你們安排回定陽的車。」

童瑤說：「好的，謝謝！」

童瑤和王肅肅進了李昂的帳篷。李昂的帳篷比童瑤他們昨晚住的帳篷大多了，大牀上放着整套牀上用品，還有小沙發、辦公桌椅。

帳篷中間地上還放着一個暖爐，讓人一踏進帳篷，便覺得暖烘烘的。

兩個人不約而同地拉下了羽絨帽，解下了大圍巾，把墨鏡也拿了下來。

「來，暖暖手。」李昂拿了兩杯開水過來，遞給兩個客人。

但他馬上愣了愣，咦，怎麼是兩個十五六歲的孩子！

「謝謝叔叔！」童瑤和王肅肅接過開水。

李昂坐到兩個孩子對面，問道：「我太太讓你們找我，有什麼事嗎？」

王肅肅說：「其實是您兒子⋯⋯」

童瑤趕緊截住他的話，說：「其實是我們找您。」

李昂狐疑地看着他們：「小朋友，究竟是怎麼回事？」

「李叔叔，其實是我們找您，想告訴您一些事。」童瑤放下手中杯子，認真地說，「李叔叔，我請求您，還有您的登山伙伴，放棄這次登山計劃。」

李昂吃驚地說：「你說什麼？」

童瑤很堅定地再說了一遍：「我懇請您，還有您的登山伙伴，放棄十號的登頂計劃。」

旁邊王肅肅不住地點頭：「叔叔，放棄吧！」

李昂滿臉都寫着「不可理喻」四個字，他看看童瑤，又看看王肅肅：「為什麼？」

童瑤說：「因為十號那天，你們會遇上一場特大暴風雪。」

王肅肅在旁邊適時地做出「好大好大」的手勢。

「啊，你們怎麼知道？」李昂有點吃驚，「據大本營的天氣預告，從現在起半個月內，都不會有暴風雪。」

童瑤懇切地說：「聖母峯的天氣，經常變幻無常。天氣預告只能作為參考。」

王肅肅很想做一個「變幻無常」的手勢，但又不知怎樣表達，只好放棄了。

「是呀，聖母峯的天氣變幻無常，這個我們知道。但你們又怎麼這樣肯定十號那天有特大暴風雪呢？」李昂說。

「這……」童瑤很苦惱，怎麼解釋好呢？

「不管怎麼樣，還是謝謝你們關注我們的這次登山。不過，我們是不會也不可能放棄這次登山計劃的。小朋友，不好意思，我還有事急着要處理。」李昂看看手錶，要送客了。

王肅肅急了，大聲說：「李昂叔叔，十號那天會發生一場山難，很多人都回不來了。」

李昂一愣，接着嚴肅地說：「小朋友，不可以拿登山這種神聖的事情開玩笑。」

童瑤焦急地說：「李昂叔叔，請相信我們，我們不是壞孩子，不是胡鬧。我們說的全是真話。」

「嗯嗯嗯！」王肅肅仰臉看着李昂，努力做出一副好孩子的模樣。

李昂有點無奈，說：「好啊，你們要我相信，那請說出理由。你們是怎麼知道還沒發生的事的。」

童瑤一臉糾結，王肅肅實在忍不住了：「叔叔，因為我們是來自五年後的，所以我們知道已經發生了的事！」

李昂眼睛睜得大大的，一臉的錯愕，但接着又大笑起來：「別告訴我，你們是穿越者，坐時空機從五年後來到這裏的吧？」

王肅肅一聽大喜，說：「就是就是！」

李昂大手一揮，說：「好啦好啦，想像力真豐富，我甘拜下風了。我不留你們了，我還有事情要做，自己玩兒去吧！」

李昂像趕小鴨子一樣，把童瑤和王肅肅趕出門去。

「叔叔，是真的！」

「叔叔，叔叔，您聽我們說……」

十二　穿越崇拜者

童瑤和王肅肅無精打采地走在營地裏。沒想到，李昂叔叔一點都不相信他們的話，還把他們趕出來了。

王肅肅嘀嘀咕咕的：「真不明白那些大人，為什麼就不喜歡聽小孩子的話。辛辛苦苦來大本營找到李昂叔叔，但他卻不相信。」

「童瑤，肅肅！」有人朝他們招手，原來不知不覺已經走到祁臻的帳篷附近。

「祁臻哥哥，你在幹嘛呢？這些是什麼東西？」王肅肅好奇地看着攤了一地的物品。

「剛剛有車子送來了登山用品，正點數呢！」祁臻笑着看了看童瑤，「童瑤一定知道這是什麼，給肅肅普及一下。」

王肅肅轉頭看着童瑤，大眼睛眨呀眨，臉上寫着寶寶很好奇，寶寶很想知道。

童瑤情緒有點低落，但還是不想拂了王肅肅興致，她一樣樣指着那些東西，介紹給王肅肅：「這是冰鎬，用作整修道路，輔助行進和用以保護；這是冰爪，固定在高山鞋的底部，起固定和防滑作用；這是安全帶，由圈套、帶子和卡子組成，繫在登山者腰部，它是各種保護裝備與人體的連接裝置；這是主繩，它是渡河架橋、攀岩和各種保護必用的技術裝備；這是輔助繩，是和主繩配合使用的；這色彩鮮豔的，是雪崩飄帶，它是繫在登山人員身上的，萬一發生滑墜或遭遇雪崩等危險時，可以憑它迅速找到遇險者；這叫鋼錐，在克服難度較大的岩石、冰雪地形的登山作業中，將不同長度和類型的鋼錐打入岩石縫和冰層中，可作為行進和保護的支點；這是雪鏟，用於平整營地、構築雪洞等……」

童瑤不愧是少年登山俱樂部會員，各種登山用品器材說來如數家珍，引得忙碌中的祁臻都不時給她豎一下大拇指。

等王肅肅全部認識了那些攀登工具後，祁臻也點完數了，他拍了拍手，說：「好了，完成任務。」

王肅肅抬頭看着他，問道：「祁臻哥哥，你要離開大本營，開始登山了嗎？」

祁臻攤開手，有點無奈地說：「沒機會了。協助組的組長換成了烏仁叔叔，他是我父母的朋友。他知道我想衝頂，罵了我一頓，乾脆連山也不許我上了，只讓我在大本營呆着。」

童瑤和王肅肅交換了一下驚喜的眼神，太好了，這下不用擔心祁臻哥哥出事了。

祁臻沒發現兩人的小眼神，他伸伸腰又活動了一下骨骼，拿了幾瓶飲品，對童瑤和王肅肅說：「走，去那邊歇歇。」

他們坐在一塊行人不會經過的、平整的大石頭上。太陽照在身上，驅除了早晨的寒冷，挺舒服的。

祁臻看上去像個文弱書生，沒想到手勁卻挺大的。他手指一掰，就把飲品瓶子的蓋子給揭了。他分別給童瑤和王肅肅遞了一瓶，自己又打開一瓶，「咕嚕咕嚕」一下子喝了半瓶，然後看着童瑤的臉，說：「不開心？」

童瑤還沒開口，王肅肅就委屈地說：「李昂叔叔真氣人，他竟然不相信我們！」

「不相信你們？」祁臻眨眨眼睛，「你們跟他說什麼了？」

王肅肅說：「不就是……」

王肅肅突然住了嘴，有點為難的看看童瑤。

祁臻看看童瑤，又看看王肅肅：「怎麼啦？是不是不方便告訴我？」

童瑤說：「不是啦！只是……告訴你，你也不會相信。」

童瑤的樣子有點沮喪。

祁臻一臉笑容，歪歪頭，說：「你不說，怎麼知道我不相信。說吧，我可是個知心大哥哥哦，說不定我能幫到你們呢！」

祁臻說完，朝他們擠了擠眼睛，把兩個孩子都逗笑了。

童瑤想了想，說：「祁臻哥哥，如果我說，我們是未來的人，我們是從五年後來到這裏的，你信嗎？」

「啊！」祁臻揚起了眉毛，眼裏滿是驚疑。

他早猜到這幾個孩子的來歷有點蹊蹺，但沒想到是這樣令人震驚。

看到祁臻這個樣子，童瑤和王肅肅心涼了半截，看來，這位知心哥哥很可能也不相信他們。

王肅肅晃着祁臻的手，焦急地問着：「祁臻哥哥，你信不信？信不信？」

「我……」祁臻說了半截，就停住了。

童瑤和王肅肅更揪心了。

果然是不信。

「信，我當然相信了！」祁臻一拍大腿，「知道嗎？我把電影《回到未來》看了不下五十遍，我多想真的看到穿越時空來的人，沒想到，真見到了！」

他興奮得手舞足蹈的，問道：「你們是怎樣穿越來的，是到山洞探險時，走出山洞就回到了過去？還是睡覺醒來就到了五年前了？還是……」

沒等童瑤兩人回答，祁臻又伸手想把童瑤拉到面前，可能覺得她是女孩子不能冒犯，又轉身折騰王肅肅，把他一把撈進懷裏，拉起他的手指數着，大概是想看看穿越人士會不會比平常人多出一兩隻手指來；然後又撥弄着王肅肅的頭髮，好像想知道能不能從裏面扒出兩隻角來。嘴裏還嘀咕着：「哦，穿越過來的人，跟平常人沒什麼兩樣啊！」

童瑤和王肅肅嘴巴張得能塞進一隻雞蛋。真是「好奇害死貓」啊，平日穩重睿智的大帥哥，怎麼變得神經病似的！

好一會兒祁臻才冷靜下來，他撓撓頭，不好意思地說：「對不起，頭一次見到活的穿越人士，太激動了。」

童瑤哭笑不得，什麼叫「活的穿越人士」，難道他見過死的穿越人士嗎？

王肅肅倒沒覺得什麼，反而覺得祁臻更親近了，他自己遇到新奇有趣的事情，恐怕比祁臻還要「神經」呢！

祁臻又化身知心大哥哥，坐到童瑤和王肅肅對面，說：「如果我沒猜錯的話，李昂先生根本不相信有穿越時空這回事吧？」

王肅肅拚命點頭，說：「是呀是呀！他一定以為我們是來搗亂呢，真氣人！」

祁臻坐正了身體，又嚴肅地問道：「你們找李昂先生，相信不會光是告訴他你們是來自五年後，你們究竟是因為什麼事找他？」

童瑤說：「請他放棄五月十號的登頂計劃。」

祁臻直起了腰，一臉的嚴峻：「原因就跟你們不希望我參加協助組一樣嗎？」

童瑤點點頭：「因為我們知道，五月十號聖母峯上會發生登山史上一場最慘重的山難。」

祁臻瞠目結舌、無比震驚：「天哪，你說的是真的？」

童瑤說：「絕對是事實。山難發生時，雖然我才讀小學，但那場災難也令我印象深刻，難以忘懷。」

王肅肅插嘴說：「後來，有人把這次山難寫成了書出版，還有電影導演以這次山難為背景，拍成電影呢！我們來之前就看過這部電影，我們都看哭了。」

祁臻有點不理解：「事隔多年，為什麼你們會突然決定來到這裏，阻止山難發生？」

童瑤心情沉重：「因為我們見到了李昂叔叔的遺腹子，那個可愛的小男孩李念。他很想念爸爸，他希望我們能帶他爸爸回家。我們可以說是受人之託。」

祁臻身體一顫，嘴裏喃喃地說了一句：「遺腹子？」

過了一會兒，他才用喑啞的聲音問道：「李昂先生遇難了？」

「是。李昂叔叔在八千多米的峯頂上熬了一夜，到底敵不過低温和缺氧。不幸去世。」童瑤心裏沉甸甸的，「這是世界登山史上最慘重的山難，兩位世界著名的登山家，李昂和羅思，都遇難了。另外，勇士隊隊員一人、協助人員兩人，山之光隊隊員兩人，還有其他人士一人，一共八人在這次登山中喪生。」

「天哪，真不敢相信，我們的羅思隊長也死了。他是一個多麼出色的登山家，一個多麼好的人……我們協助組也有人遇難？天哪天哪，那些人都是我很尊敬的叔叔輩呢！」祁臻臉色慘白。

童瑤說：「所以，我們一定要制止，不能讓悲劇發生。」

「是的，一定要制止。」祁臻握了握拳頭。

「可是，李昂叔叔不相信我們。」童瑤沮喪地說，她又看着祁臻，「我有個想法，你能不能跟勇士隊的隊長羅思談談，你們認識，說不定他會相信你呢！只要羅思隊長相信了，就會去說服李昂，那我們就離成功不遠了。」

「要說服羅思隊長，太難了。李昂的態度其實代表了大多數人。」祁臻眉頭皺成一個川字。

王肅肅撅着嘴，說：「我真不明白，這些大人為什麼那樣執着？只不過是放棄在十號那天登頂而已，推遲幾天，等那場暴風雪過去了，再去也一樣嘛！」

祁臻伸手摸摸王肅肅的腦袋，說：「肅肅，你不知道，不是說想哪天衝頂就那天的。因為登頂的路只有一條，又有下山的規定時間，所以每天有多少支隊伍衝頂，是要登山隊之間互相協調的，不然一窩蜂全跑去了，就會造成堵塞，耽誤下山時間，導致嚴重後果。山之光和勇士兩隊如果不在十號那天登頂，那就要重新排隊。等候是肯定的了，還很有可能會錯過了今年的登山季。所以，除非遇上惡劣天氣，否則登山隊是絕不會改變計劃的。」

王肅肅委屈地說：「可是十號那天真的會有惡劣天氣呀，為什麼不相信我們呢！」

祁臻沉默了一會兒，突然抬起頭，說：「我現在就去找羅思隊長。難也要去試試，頂多被他罵一頓。」

童瑤眼睛一亮，說：「謝謝你，謝謝祁臻哥哥。」

王肅肅也說：「祁臻哥哥真棒，祝祁臻哥哥馬到成功。」

祁臻擺擺手，說：「謝什麼，要謝也是謝你們幾個孩子。這事本來與你們無關，但為了完成對一個小朋友的承諾，為了挽救眾多登山者的生命，你們不怕危險，穿越時空來到這裏，你們才是真正值得感謝、值得敬佩的人。」

「嘻嘻，嘻嘻。」王肅肅小孩心性，聽祁臻這樣，高興得撓臉搔腮的，「祁臻哥哥，你說得很對，不過我會驕傲的哦。」

受表揚誰不高興，不過童瑤這時只想着讓祁臻快點去説服勇士隊的隊長羅思，她用力把祁臻拉起來，説：「那拜託了，你現在就去好不好，去晚了，羅思隊長離開了大本營，那就糟了。」

「好的。那你們先回帳篷，我等會去找你們。」

十三　拯救計劃不能終結

童瑤和王肅肅回到昨晚休息的帳篷，拉開帳門走進去，見到王伊伊已經醒了，像條巨型蠶蛹般躺在睡袋裏，眼睛骨碌碌地滿帳篷瞅。一見童瑤他們進來，就不高興地說：「你們好壞，怎麼扔下我一個人。要是有壞人怎麼辦？」

童瑤走過去，用腳尖踢了踢睡袋，說：「廢話！做壞事也不會跑這裏來做吧！到這裏來的人整個心思都放在登山上面，有誰顧得上做壞事呀！」

王伊伊委屈地說：「那你們也不能扔下我出去呀，我是病人啊，這是你們對病人應有的態度嗎？我剛才一睜眼就不見你們，嚇得小心肝砰砰響，現在我一定病得更嚴重了！」

王肅肅扮了個鬼臉，說：「還知道埋怨人，就知道你老人家比早上好多了。」

「死小孩，你才老人家！」王伊伊圓睜雙眼。

「好啦，王伊伊不是老人家，是小娃娃，行了吧！」童瑤替王伊伊拉開睡袋，

「起來走走吧，老躺着，就真變成老人家了。」

王伊伊嘟囔着，一下子坐了起來：「媽呀，頭好暈！」

童瑤瞪了她一眼，蹲下幫助王伊伊爬出睡袋：「你忘了祁臻哥哥說的話嗎，在高海拔地區，動作別那麼猛，這樣容易頭暈氣喘的。」

「哦。」王伊伊答應着，慢慢站了起來。

王肅肅伸手要去扶姐姐：「姐姐，我扶你出去曬曬太陽。你老人家……」

王伊伊鳳眼圓睜。

「別用眼刀殺我！」王肅肅趕緊用雙手一擋。

童瑤扶起王伊伊：「好啦好啦，伊伊大小姐。肅肅只是想跟你開開玩笑，分散你的注意力，緩解你的高山反應症狀。」

王肅肅露出一排大白牙，大驚小怪地嚷道：「知我者，瑤瑤姐姐也！莫非我和瑤瑤姐姐才是親生的嗎？只是出生時跟我姐姐調換了。」

「臭孩子！」王伊伊被弟弟弄得哭笑不得。但也奇怪，被弟弟這麼一鬧，好像真不那麼胸悶頭暈了。

出了帳篷，陽光很燦爛，三個人在一個小土墩上坐下。王伊伊看了看手錶，說：「原來已經九點多了，我竟然睡了差不多兩個小時！」

王肅肅說：「可不是嘛！我和瑤瑤姐姐已經去了李昂叔叔那裏一趟了。」

腦子一直有點糊塗的王伊伊，這才想起了來這裏的目的，忙問：「怎樣了？李昂叔叔有答應放棄登山計劃嗎？」

王肅肅嘟着嘴，說：「答應就好了。他本來就不相信我們是穿越來的，當然就不會相信有山難發生這回事了。幸虧有祁臻哥哥幫忙，他現在去了勇士登山隊的指揮帳，希望他能說服羅思隊長。」

王伊伊趕緊雙手合十，喃喃說道：「但願祁臻哥哥馬到成功。」

「咦，那不是祁臻哥哥嗎？」王肅肅突然喊了起來，「祁臻哥哥，這裏！」

祁臻聽到王肅肅叫喊，舉起手回應，然後朝土墩走來了。三個孩子都緊張地看着他。

「祁臻哥哥，怎樣了？」王肅肅跳下土墩，問道。

童瑤細心，見到祁臻臉色不大好，心裏咯噔一下，就知道事情不順利了。

果然……

「羅思隊長把我臭罵一頓，然後趕出來了。他說，要是我再胡說八道，動搖軍心，就把我揍得變豬頭。」祁臻垂頭喪氣的。

「啊……」

祁臻見到孩子們失望的樣子，很不好意思：「辜負你們所託了，對不起！」

童瑤搖搖頭：「這不怪你，我們不是也在李昂叔叔那裏碰釘子了嗎？」

祁臻眼看着遠處雲遮霧掩的聖母峯，喃喃地說：「其實，我挺理解他們的。征服聖母峯是無數登山者的夢想，為了籌備一次登山活動，他們已經等得太久、付出太多了。」

三個孩子默默無語。

祁臻收回目光，對孩子們說：「許多登山者幾年前就開始作準備了，鍛煉身體，尋找可靠的登山公司，安排排期、後續的指導工作、協作、配合、技術等等，還有和嚮導的默契配合；再來就是籌錢，有人找公司拉贊助，有人省吃儉用存錢，登一次山要投入大筆資金，裝備費、旅費、登山費、辦理各種許可證費用，每個人大概要投入四五十萬元。」

「哇，要花這麼多錢啊！」王肅肅眼睛瞪得大大的。

「是的。」祁臻繼續説道，「而最重要的，還是他們對征服高山的熱情和渴望。每位登山者，都準備了很長時間，信心滿滿、蓄勢待發，這種時候，無論什麼原因都不可能動搖他們的決心。那怕有人跟他説，你可能會失敗，你可能會死在高山上，他也決不猶豫。」

「可是，為征服高山而犧牲生命，這不值啊！生命沒有第二次，而登山可以重新再來。為什麼不相信我們的話，為什麼就認為人不能穿越時空呢！」童瑤滿臉愁容，仰天長歎，「唉，拿什麼拯救你，小念念的爸爸！」

「難道我們的拯救計劃，就這樣終結了嗎？」王肅肅搔着頭團團轉，他突然大喊一聲，「我有辦法！」

「什麼辦法？」身旁幾個人都嗖地把目光投到他身上。

王肅肅興奮地說：「我們去買點瀉藥，想辦法放到勇士隊和山之光隊的人的食物裏，讓他們拉肚子，不就不能按時登山了嗎？」

「死小孩，竟然想出這麼爛的招數，我都不想認你做弟弟了！」王伊伊氣呼呼地說。

童瑤和祁臻也直搖頭。

「噢，確實是爛了一點。」王肅肅撓撓頭，又說，「要不，我們打電話報警，把這兩隊人說成是恐怖分子，讓警察叔叔把他們全抓了，那他們就不會在五月十號那天登頂了。」

「嗤！」頓時引起三人嗤之以鼻。

不怕神一樣的對手，就怕豬一樣的隊友哇！

童瑤敲了王肅肅腦瓜一下：「什麼餿主意，報假案是犯法的。」

王伊伊也敲了王肅肅腦瓜一下：「笨蛋，你以為警察這麼好騙，恐怕到時抓走的是你！」

祁臻也……也搖了搖頭：「小朋友說謊不好哦！」

「哎喲哎喲……」王肅肅摸着腦袋叫苦連天，「你們這樣打我頭，不怕把我打傻嗎？」

王伊伊哼了一聲，說：「這是幫你呀！你已經傻了，再打一下，負負得正嘛！」

「你們欺負人！」王肅肅委屈地蹲在地上畫圓圈。

沒有人再說話。過了好一會兒，童瑤抬起頭，說：「既然兩個登山隊的隊長都拒絕改變計劃，那就用另外一個辦法……」

王伊伊和祁臻都眼睛一亮，想聽聽童瑤有什麼好辦法。連王肅肅也不畫圓圈了，站到童瑤面前，眼巴巴地看着她。

童瑤接着說：「登山隊在五月十號衝頂後遇到暴風雪，造成了一系列悲劇，主要原因是因為衝頂路上耽擱太多時間的緣故。本來登聖母峯有一條不成文的規定，就是下午兩點前必須下山。但十號那天的登山者，幾乎沒有人是兩點前下山的，三點，四點，甚至有人四點多才下山。而人們之所以遲下山，是很多因素造成的。我這樣想，如果我跟着登山隊登聖母峯，在適當的時刻，把每一個人為造成的因素消弭於無形，這樣，是否能避免災難發生，或者，讓災難減至最低。」

「啊！」祁臻，還有王伊伊王肅肅都驚叫起來。

童瑤這想法太大膽，太異想天開了！

祁臻首先反對：「不行，絕對不行！你不是不知道，登山者在攀登聖母峯之前，一般都要求有兩到三次的高海拔登山經歷。從六千米山峯為起點，然後是七千米、八千米的山峯。你之前只是登過五千米的山峯，所以並不具備攀登聖母峯的條件。再說，登聖母峯也要一個月的適應時間，在營地之間反覆進行高度適應性訓練。而現在離十號只有十天，時間太倉促了。」

王伊伊也說：「是呀！瑤瑤，你想都別想。」

王肅肅猛點頭：「是呀是呀，瑤瑤姐姐你想都別想。」

童瑤看了看幾個好朋友，說：「我已經考慮過了。雖然我只是登過五千米的山峯，但過程很順利，也沒有很厲害的高山反應，指導老師還稱讚我，說我完全可以登更高的山。現在離十號雖然只有十天，但時間不足可以用意志補足，我相信自己能在這十天裏，完成從大營五千多米到八千多米的海拔適應。你們放心好了，我不會挑戰衝頂，那是最難的部分。只要追上登山隊，我就可以嘗試去消除各種隱患。」

祁臻又是搖頭又是擺手：「我還是反對。即使上到南山口，也有海拔八千多米，那種氣候，不是你一個女孩子能承受的。而且只有十天的適應時間，絕對不行！」

王伊伊更是急得一把抓住童瑤的手，死死不放，彷彿怕童瑤馬上就跑去登聖母峯似的：「瑤瑤，我不許你去！之前看那部電影，登山隊員經歷的那些險境，簡直是九死一生。我怎麼可以讓你去，要是你有什麼事，你爺爺怎麼辦？我怎麼辦？」

王肅肅拍拍胸口：「瑤瑤姐姐，我去好了，我是男孩子，我的身體素質比你好。」

童瑤說：「大家別這樣。我的情況我自己最清楚，我會保護好自己的，我不會讓爺爺和你們傷心的。」

祁臻說：「童瑤，要不我去吧！你把山難的所有細節告訴我，拯救行動由我來接力好了。」

「謝謝你，祁臻哥哥。來之前，我查看了這次山難的前前後後，所有細節都在我的腦海裏，不是三言兩語就可以跟你說清楚的。不過，我確實需要你的幫助。本來我是不想把你牽涉到這件事的，不想讓你冒這個風險。但是，要登聖母峯，我一個人真的無法做到。」童瑤說着，朝祁臻伸出手，說，「來，握握手，預祝咱倆合作愉快！」

祁臻毫不猶豫地伸出手，把童瑤的手握住：「合作愉快！有我在，一定不會讓你出事！」

王肅肅眨眨眼，把手放在童瑤和祁臻的手上，說：「那我也要跟你們去登聖母峯，我也要出一分力。人家十三歲的美國少年喬丹也能成功登頂聖母峯，我也可以的。」

王伊伊咬了咬牙，也把手搭了上去：「好，我也去。咱們共同進退。」

童瑤瞧瞧祁臻，又瞧瞧王伊伊姐弟，笑了。她說：「謝謝你們。不過，伊伊和肅肅不可以去。伊伊連這海拔五千米的大本營也受不住，怎能再往上走。肅肅雖然現在還挺得住，但你跟伊伊一樣，都沒經過什麼訓練，到時反而累事，我不知該去照顧你，還是該去做事。你跟美國少年喬丹不同，人家是自小接受訓練的，而且之前攀登過很多高海拔山峯。」

王伊伊無可奈何，她自己知自己事，到時即使有人把她背上山頂，她都捱不過那要命的高山反應。

王肅肅雖然很想跟童瑤一起去拯救登山者，但又怕成為童瑤的累贅，心裏糾結得不要不要的。

童瑤一手摟着王伊伊，一手摟着王肅肅，說：「別再糾結了，你們下午就回定陽，在那裏等我。那裏海拔低一點，你們不會那麼難受。我會帶着小念念的爸爸去找你們的。等着我的好消息吧！」

「瑤瑤，千萬小心！」王伊伊把頭埋在童瑤的肩上，流下了眼淚。

十四　恐怖冰川

祁臻找到了一輛回定陽的車，拜託司機把王伊伊姐弟送回定陽。車子快要開了，王伊伊不情不願眼紅紅地上了車，從窗口朝童瑤揮手。王肅肅卻抱着祁臻的腰，像隻撒賴的樹熊一樣，死也不肯走。

「我不想走，我要跟你們去聖母峯。」他大聲嚷嚷着。

「再不走，車子要開了！看司機叔叔不耐煩了。」童瑤朝祁臻使了個眼色，兩人一人捉住王肅肅一隻手，把他塞車上了，司機及時地關了車門。

眼看車子絕塵而去，童瑤和祁臻才回轉大本營。

兩人坐在帳篷外的小土墩上，商量起接下來的做法。

祁臻說：「童瑤，你知道不？登聖母峯是要申請許可證，要交一筆費用的，要是給查到了沒有證，會受罰的？」

「知道啊，昨天租帳篷時那個大叔就說了。」童瑤說完，有點心虛地瞅瞅四周，

「我補申請、補交費行不行？」

祁臻見她神情就像一隻受驚的小兔，不由暗暗好笑，這女孩膽大包天的，好像第一次見到她這種樣子呢！

「現在補領已經晚了，大本營並沒有辦理許可證的部門，所有登山者都是先領好證，接着選擇一個信譽好的登山公司，然後跟着登山隊進大本營的。還有，沒有加入登山隊的個人登山也是不允許的，你現在是存在雙重危險哦！」

祁臻你還是大哥哥呢，別這樣打擊人好不好！

「啊，那怎麼辦?!」童瑤慌了。她雖然膽子大，但骨子裏是個守規矩的好學生乖孩子啊！

祁臻見火候差不多了，便說：「不過，有祁臻哥哥幫你，沒問題。你是為救人而進大本營和登山，你可以問心無愧，知道的人都會幫你。但不是人人都像我這麼相信你了解你的，所以，你得聽我的，不要離開我的視線，不要自己擅自行動，一切都要跟我商量過才去辦。」

童瑤趕緊點頭：「好好好，聽你的。」

祁臻這才放下心。剛才一番嚇唬就為了她這句話呀！往聖母峯的路困難重重、危機四伏，就怕這女孩子把自己當成超人，大膽妄為，如果因此出了什麼事，自己難辭其咎。

這女孩為了救人，不惜把自己置於險境，這樣的好孩子，一定得讓她好好活着，活得幸福。

雖然是五月十號才登頂，但登山隊員要在幾個營地之間反覆進行登攀訓練和氣候適應，協助組組員要運送物資、幫助訓練及架設安全繩，所以山之光和勇士隊的登山隊員和協作人員早已經離開大本營了。祁臻本身的工作已經完成，所以，他可以全力幫助童瑤。

第二天天剛拂曉，祁臻就帶上童瑤，進行由大本營到一號營地的適應性訓練。一號營地建在距大本營約八百米的一處冰瀑頂上。

童瑤穿上了祁臻給她準備的全副裝備——安全帶、外掛繩、裝上冰爪的高山靴等等。所謂的冰爪，是一組五厘米長呈網狀排列的鋼釘，裝在高山靴的底部用以抓緊冰面。

走了一段路，童瑤就站到了夢幻般的冰瀑腳下。

祁臻告訴童瑤：「這就是有名的『恐怖冰川』。攀登聖母峯，開闢的攀登路線有七、八條之多，但無論哪條路線，都無法回避這個冰川。」

「恐怖冰川？」任是膽大包天的童瑤也臉色一變。她在網上看過人們的議論，許多人認為，這是攀登聖母峯過程中，最危險的部分。

童瑤記得，一位登山者在他的一篇記實文章中寫道：「……整條路線中，沒有什麼地方比這裏更讓攀登者感到恐怖了。在大約海拔六千一百米處，即冰河從西庫姆冰斗底部邊緣突然陡降。這就是聲名狼藉的恐怖冰瀑，是整條路線中最考驗攀登技巧的一段。冰瀑段的冰川以每天一米左右的速度運動着。當冰川沿着不規則的陡峭地形一陣陣地滑落時，大團的冰裂成被稱為『冰塔』的搖搖欲墜的巨大碎冰堆，有的竟有寫字樓般大。因為攀登路線在成百座不穩定的冰塔下面、旁邊或中間迂迴前進，因此每次穿越冰瀑的旅程都有些玩俄羅斯輪盤的味道，任何一個冰塔都有可能在不發出任何警告的情況下崩塌下來，你只能祈禱自己在它崩塌的瞬間不被它壓在身下……」

祁臻見童瑤發呆，以為她害怕了，便拍拍她肩膀，說：「別害怕，按我說的去

做！」

「嗯！」童瑤握了握拳頭。

「好樣兒的！」祁臻朝她豎了豎大拇指，又說，「我們必須在日出前、冰川相對穩定期間迅速穿過冰川。如果太陽出來，冰一融化，插進冰裏用來固定梯子和繩子的地方會鬆動，這樣很危險。」

「好，出發！」童瑤義無反顧。

在登山者還沒有到達大本營以前，協助人員已經在冰塔中開掘出了蜿蜒的通道，繫好了大約一千六百多米的路繩，並在破損的冰河表面安裝了幾十個鋁製梯子。有了這些協助人員的幫助，才有攀登者們的順利通過。

這時天色已是微明，童瑤和祁臻踏上了恐怖冰川，沿着架好的路繩往上攀，腳下發出冰爪抓冰的「嚓嚓」聲，還有「咚咚」的心跳聲。一路上要經過許多冰隙，寬不過一米的，可以一躍而過，躍不過的就要利用鋁梯搭成的「天梯」走過了。

過第一處「天梯」時，可以說是險象橫生。祁臻先跟童瑤說了一遍要領，接着又親自示範，先從梯子上走了過去，然後站在對面鼓勵童瑤起步。童瑤硬着頭皮踏上了梯子，媽呀，走在上面搖搖晃晃的，兩邊只有一根繩子作扶手，腳下又是深不可測的冰縫，一不小心掉下去，就得永遠留在那裏，上演一齣「冰人兩千年」了。她不禁嚇得心臟狂跳，要從喉嚨蹦出來了。

「鎮定，鎮定，一步一步，站穩走好。想像你只是在離地幾十厘米的梯子上……」祁臻喊道。

童瑤定了定神，心想，能不能為小念念救回爸爸，就看自己能不能戰勝心魔了。衝！

童瑤一步步走着，走到半路時，忽然聽到頭頂上傳來「咔嚓咔嚓」的可怕聲響，天哪，雪崩！童瑤嚇得停住腳步，這時，嘩啦啦，一塊巨型冰塊從上而下，在離童瑤幾十米遠的地方轟隆隆地經過，掉到不見底的腳下。

童瑤的心撲通撲通直跳，這塊巨冰如果掉偏一點，自己此刻已經……

她搖搖頭，好像要甩掉那些駭人的畫面，繼續向對面走去，終於到達了。但當她左腳站在冰面，右腳懸空時，左腳突然一滑……

幸好，一隻有力的手把她一拉，身手矯健的她順勢一縱身，跳上了對面冰面。好險啊！呆了半天，才發現兩人相握的手一直在發抖。

童瑤扭頭望向那架在冰縫上的鋁梯，心有餘悸。她想到自己這樣走過來都險象百出，那架設天梯、還有固定路繩的人，不更加危險許多倍嗎？他們才是真正的勇士啊！

她把自己想到的告訴了祁臻。

祁臻點點頭：「冰川醫生確是很值得尊敬的一羣人。」

「冰川醫生？」

「人們把專門修復、搭建冰川攀登道路的人稱作冰川醫生，因為他們給予登山者的是生命的保障。冰川醫生為了登山者的生命安全，常常要冒極大的危險，甚至付出生命的代價。就拿恐怖冰川來說，任何一名攀登者在攀爬這段路程時都會提心吊膽，而冰川醫生卻在每年的登山季節，都要作無數次的往返，對這條路進行修整和維護，為攀登者提供相對保險的道路。可以說，沒有這些冰川醫生，登山者可能永遠到不了頂峯。」

正說着，有幾名背着工具的人經過，祁臻對童瑤說：「看，這幾位就是冰川醫生。」

那幾個人聽到祁臻說他們，都扭頭朝他們善意地笑着。

童瑤情不自禁地彎下腰，向他們鞠了一個躬。那幾個人微笑着向童瑤點頭回禮，然後向一些急須修復的地段走去了。

「他們要做的事，比自己難多了。可他們好像一點都不害怕。」看着他們堅實的步子，筆挺的背影，童瑤好像有了更多征服這恐怖冰川的勇氣。

太陽出來的時候，他們終於走過了全部可怕的冰縫，爬上了冰川頂部，那裏，就是一號營地所在地。這段路程對還不適應的登山者來說可能要花五到八小時，而已適應的登山者只需要三到五個小時就可完成。而童瑤用了五個小時，以童瑤一個女孩子來說，已是很不錯的成績了。

一號營地海拔五千九百米左右，這是一片空曠的雪的天地，附近多有冰川沖刷的痕跡。祁臻帶着她找了個地方休息。一路走來，祁臻因為有過幾次登聖母峯的經驗，所以耐力很好，連呼吸都很均勻。而童瑤就遠不及他了，氣喘，頭也有點痛。她怕祁臻擔心，便強忍住不舒服，告訴祁臻說有點累，就休息了。

她躺進睡袋裏，想睡但睡不着，強烈的頭痛，令她覺得腦袋像要炸開一樣，忍不住呻吟起來。

「童瑤，你怎麼了？」祁臻送晚飯來，發現了童瑤的不對勁，忙問道。

「我頭痛。」童瑤虛弱地說。

「我那裏有強效止痛片，我去拿來。」祁臻急忙跑出去了。

他很快跑了回來，一手拿着一瓶藥，一手拿着一杯温水。

「來，這藥很好，吃了就不痛了。」祁臻扶起童瑤，把藥給她吃了。

童瑤吃了藥，又昏昏沉沉地躺下，迷迷糊糊的，睡着了。

童瑤醒來的時候，看到刺眼的陽光，啊，這一覺睡到第二天了！

這時祁臻笑嘻嘻走了進來，見童瑤醒着，問道：「怎麼啦，頭還痛不痛？」

童瑤晃了晃腦袋，咦，一點事也沒有了，昨天可是動一下都痛得要命的。她高興地說：「沒事了，謝謝你！」

「嗯，不用謝！」祁臻把手裏一個保鮮袋放下，說，「趕快擦牙洗臉，吃點東西，你昨天晚飯也沒吃呢！」

不提猶自可，一提童瑤的肚子馬上像響應祁臻話似的，咕咕咕地響了起來，令她十分尷尬。

祁臻哈哈大笑起來：「好了，沒事的話，我們就開始返回大本營了。」

適應性的訓練，就得這樣在營地之間反覆登攀行走。

十五　登山是勇者的事業

童瑤和祁臻決定在大本營休息一天。沐浴着温暖的陽光，兩人坐在帳篷外聊天。

「祁臻哥哥，你的理想是什麼？」

「我的理想是登遍世界上所有八千米以上的高峯。」

「啊，好厲害！」

「這也是我爸爸的遺願。」

「你爸爸的遺願？」童瑤愣了愣，失神地看着祁臻，原來他也是一個失去父親的孩子，「你爸爸也是登山者？」

「是的，他在太子雪山的雪崩事件中去世了。」

「太子雪山雪崩事件?!」童瑤很吃驚，那是登山史上遇難人數最多的山難。

童瑤曾在登山指導老師那裏，聽過這場發生在多年前的不幸山難。一場特大雪崩，把十七名中國和日本登山隊員永遠地留在了太子雪山。

那是一支實力較強、經驗較豐富的中日聯合登山隊，他們的目標是登上從未有人成功登頂的太子雪山山頂。

之前，已有多個國家的登山隊進行過四次攀登太子山，都因氣候條件太差無法行動而失敗，這座海拔僅六千七百四十米的山始終沒被人類征服。

當時，中日登山隊從大本營攀登到一號營地、二號營地、三號營地，之後又取得重大突破，在五千九百米的高度跨越一道直立達十米的冰壁，建好了四號營地。整個過程意想不到的順利。

這時候，他們已站在太子雪山的肩頭，這是先前的四次攀登從未達到的高度了，成功在望。

他們在一個清晨向頂峯發起了衝擊。當天下午一時左右，登山隊到達了六千四百七十米高度，大本營的新聞記者，都已在撰寫有關人類首次登頂太子山的通訊報道了。之後都十分順利，衝在最前面的登山隊員距離頂峯僅有幾十米。

喜悅中的人們沒有注意到晴空湧來了烏雲，烏雲在瞬間迅速擴大，暴風雪來了。漫天風雪中，登山隊員連站都站不穩，更別說繼續攀登了。和風雪生死搏鬥三個小時後，他們只能選擇下撤。往四號營地距離只是六百多米，但他們卻用了十多個小時，午夜時分，他們才下撤到四號營地。稍作休息，他們又回到三號營地。待在那裏等天氣轉好，然後繼續衝頂。

沒有想到，他們等來的是竟是一場滅頂之災。

三日後的深夜，登山隊跟大本營人員通話，告知第二天再次衝頂的計劃，並輕鬆地開玩笑要山下為他們準備好慶功宴。

半夜裏，太子雪山上傳來一聲巨響，山下有人被驚醒了，但他們都沒有聯想到什麼，因為雪山上不時會發生雪崩，轟隆聲不斷，大家都不當一回事。

第二天，登山隊反常地一直沒有跟大本營通話，大本營人員慌了，從清晨開始一直在呼叫，但直到傍晚，卻沒有任何回響。

人們想起了半夜那一聲巨響，心涼了半截。

一次規模浩大的冰峯搶險救援開始了。當時陰雲籠罩、大雪紛飛，天氣異常惡劣，救援隊置自身的安危而不顧，冒着雪崩的危險，在深達幾米的積雪中艱難地來到五千三百米的二號營地，就再也無法往上走了。經過多番努力，他們最終未能到達出事的三號營地。空軍派出的高空偵察機幾次飛臨太子雪山，拍攝三號營地位置的照片，照片上顯示了大片新雪堆積的痕跡，根據照片上冰層的面積來計算分析，有近三十萬噸的冰雪從山體上崩落覆蓋了三號營地。這樣的災難下，十七名隊員絕無生還希望。無奈之下，救援指揮部極其痛苦地正式宣布：十七名隊員失蹤，搜救行動失敗。

撤離時，許多人望着雪山痛哭，捨不得就這樣離開埋在雪中的同事、朋友。救援總指揮流着淚面對着巍峨的雪山說：「親愛的朋友們，由於惡劣的天氣和險峻的地形，我們沒能到達你們身邊，這是我們終生的遺憾。願你們在太子雪山這美麗、純潔的懷抱裏安息。我們雖然就要離開你們了，但我們的心，永遠伴隨着你們！……我堅信，總有一天，你們的後繼者會來到你們的身邊，完成你們的遺願！」

太子山山難，在世界登山史上是罕見和慘烈的，十七名登山者，一夜之間消逝在白雪皚皚中，無影無蹤。這是登山界永遠的痛，更是死難者親屬永遠的痛。

童瑤看着低頭不語的祁臻，很替他難受。沒有想到，他竟然是太子山山難中一名隊員的孩子。按時間算，那時他應該只有八九歲吧。

「對不起，不該提起你的傷心事。」童瑤抱歉地說。

「沒事。」祁臻看了看童瑤，說。

「你理解你爸爸嗎？」童瑤忍不住問。

「當時並不理解。看到爸爸為了登山而送命，看到媽媽思念爸爸掉淚。我不明白，登山那麼危險，爸爸為什麼仍然要去？爸爸為什麼寧願要山，也不要我和媽媽。直到那一天……」祁臻用他那雙帶着憂傷的漂亮眼睛看着遠處高聳的雪山，說，「那一天，媽媽帶着我跟其他遇難隊員的家屬一起去到太子山下，參加山難紀念碑揭碑儀式及拜祭親人。那天天氣很差，天空陰沉沉的，一直在下着鵝毛大雪，到處白雪茫茫的一片，能見度極低。這也讓我們一行人的心情壞到了極點，因為作為遇難者家屬，很想看看自己親人安息的地方。但我們站在太子山面前，卻無法看到它的真面目。我當時難受極了，不禁號啕大哭，大聲叫喊着：『爸爸，我看不見，看不見。您在哪裏，您在哪裏？』其他家屬也紛紛對着雪山大聲呼喊親人的名字。這時，奇跡發生了，太子雪山就像被唰地一下拉開了遮着的大幕布，露出了它的真面目，在太陽的照射下金光燦燦，莊嚴神聖，美麗絕倫，在場所有人全都激動得哭起來。這時候，我突然領悟了，知道了爸爸為什麼那麼熱愛登山，因為那山真的是太美了，美得可以讓人為它犧牲……」

童瑤早已淚流滿臉。

祁臻帥氣的臉此刻滿是堅毅：「到我再長大一些，對爸爸的認識又更深了一層。爸爸喜歡登山，因為登山運動是一種屬於勇者的事業。登山者以自己的過人的膽魄和無比的勇氣，就是要向世界喚起這種勇敢的精神。有一位著名登山家這樣說過，『不少人認為登山僅僅是一種冒險。其實，哪裏最危險？你躺的那張牀最危險！死人最多的是在牀上！登山是只屬於勇敢者的事業。勇敢，是人類生活的一種勇氣和自信，缺少了它，這也怕那也怕，人不就成了軟骨頭了？怎麼去講開創人類自己的明天？』」

童瑤擦擦眼淚，喃喃地說：「『登山運動是屬於勇者的事業……成千上萬的登山者以自己的過人的膽魄和無比的勇氣，就是要向世界喚起這種勇敢的精神。』，說得真好。」

十六 「耳報神」烏仁叔叔

再次經歷「恐怖冰川」的攀爬之後，童瑤和祁臻又在一至三號營地來回作高度適應性訓練。

在一號營地停留當晚，半夜時有十幾處崩塌的冰雪擦着陡峭的山壁呼嘯而下，當時一號營地有幾支登山隊留宿，幸好都沒事。第二天童瑤起牀，走出帳篷見到雪崩的情形，不禁愣了半天。

在一號營地停留了兩天，童瑤和祁臻踏上前往二號營地的旅程，二號營地海拔約六千五百米。從一號營地到二號營地，開始是一段冰川區，需要上上下下爬過幾段五到十米高、幾乎垂直的冰川。這一段路有一些大大小小的明暗裂縫，有些需要通過搭鋁梯走過，十分驚險。

寒冷的氣温將童瑤的手凍得僵硬，但她仍沉着鎮定地一步步往上攀登着，這令到所有路上遇到的登山者，都不約而同地朝她豎起大拇指。

位於海拔接近六千五百米的二號營地，散落着一百多頂帳篷。這裏也是各登山隊生火做飯的最後一個營地，再往後，登山者就只能吃方便食品了。

在二號營地休整的幾天裏，高山反應又向童瑤襲來，她頭痛欲裂地躺在睡袋裏，縮成一團。看着龍精虎猛地進進出出的祁臻，童瑤羨極了。

祁臻安慰她：「別着急，每個登山者都會出現這樣或那樣的高山反應，你已經算很不錯的了。」

「哦。」童瑤有氣無力地說。

「我們再回一趟大本營，作些休整，然後就要從大本營一鼓作氣去三號營地。按照勇士隊和山之光隊的日程安排，我們應該會在三號營地追上他們。」

童瑤眼睛骨碌骨碌轉了轉：「到時你怎麼跟他們解釋我的存在？」

祁臻滿不在乎地說：「這點你不用擔心。因為這次登山，山之光隊和勇士隊聯合行動，登山隊員和協助人員合起來有三四十人，本來就很難記住誰是誰。加上因為寒冷，大家都包得嚴嚴的，基本上看不清模樣，反正有我帶着你，大模大樣地，沒有人會懷疑你不是我們隊的。」

等童瑤情況好點，他們又回到了一號營地，作了些休整後，就開始了由一號營地到三號營地的進發。到了二號營地，休息了一晚，就準備去三號營地了。由二號營地到三號營地，通常需要六到八小時，距離約六點三公里。

沿着固定好的繩索攀登到海拔七千五百米的地方，就是三號營地。這段路要經過峻峭、晃眼的冰壁，雖然難度不大，但稍有閃失就可能掉下冰隙深處而喪命。幸好有先行的協助人員，架設了路繩及鋁梯，所以，最後童瑤和祁臻是有驚無險地爬上了冰壁，到了三號營地。

剛到三號營地，就起風並下雪了。狂風捲起旋轉的雪沫，像拍碎的浪花沖刷着山峯及山峯上的一切。童瑤的衣服上被搽了一層厚厚的霜，走路時窸窸窣窣的響。護目鏡上也結上了一層冰殼，這讓她看所有東西都模模糊糊的。加上剛剛爬完那一幅陡峭的冰壁，這時腳還是發顫的，每走一步都十分艱難。空氣越來越稀薄，喘氣越來越厲害。

祁臻一路都擔心她挺不住。對於攀登聖母峯這件事情，沒有什麼時候是可以輕易成功的。五公斤重的氧氣瓶，繁瑣卻又必備的攀登器具，厚重的高山靴以及攜帶的熱水能量膠等等，十幾公斤重的裝備都要靠自己背上去。但沒想到童瑤硬是挺過來了。真不知那瘦削的小身板裏，究竟蘊藏了多大的能量。

「祁臻，是你嗎？」祁臻正帶着童瑤去找勇士隊的帳篷。突然聽到有人在喊。

「糟了，烏仁叔叔！」祁臻嚇得直往童瑤身後躲。

祁臻為什麼這樣害怕？因為這位烏仁叔叔，就是媽媽在大本營的「耳報神」，他會把自己在登山隊協助組的一切都告訴媽媽，還有不讓祁臻發生危險。烏仁叔叔之前只安排了祁臻在大本營工作，沒想到他卻上山了，烏仁叔叔看上去很生氣呢！

不管祁臻怎樣躲，但比他矮了一個頭的童瑤哪能擋得住，烏仁叔叔還是把他揪出來了。

烏仁叔叔大約四十歲左右，只見他臉膛黝黑，臉上有許多皺紋，此刻他很是惱火。

他伸手拍了祁臻腦瓜一下：「臭小子，不是讓你在大本營交收物資的嗎？交收完畢任務就完成了，不用上山。怎麼不聽話，跑上來了！」

祁臻摸摸腦袋，嘻皮笑臉地說：「反正沒事做，爬爬山鍛煉身體嘛。烏仁叔叔，別讓我回去，行嗎？」

「我警告你，最高只能上到四號營地，不許衝頂，知道沒有？」烏仁很嚴厲地說，「你爸不在了，只留下你這麼一個兒子，你不能去冒險。」

「知道了，我的烏仁大叔！」祁臻無奈地說。

「這位是……」烏仁狐疑地看着站在祁臻身邊的童瑤，覺得有點陌生，不像是兩支登山隊的人。

「噢，她是童瑤，是我朋友。她是獨立組隊的，但之前請的兩名協助臨時有事不能來了，她求我帶上她，我見她可憐就答應了。」

祁臻不敢跟烏仁講實話，對他說什麼「穿越」呀「山難」呀，恐怕他的反應比李昂和羅思還要不客氣，說不定馬上就讓祁臻把童瑤帶回大本營了。登山隊都到三號營地了，離登頂只差那麼幾天，這個時候要是有人說山難啊死人啊什麼的，簡直是找揍。

烏仁聽了祁臻的話，心裏也滿同情的，因為他知道籌備一次登聖母峯不容易，要是因為協助人員失約而作罷，那是一件很悲慘的事。他打量了童瑤一下，因為她戴着帽子，又戴着護目鏡，看不清男女，還以為是個男孩子。他有心幫忙，但嘴裏還是不客氣：「臭小子，竟然自作主張，看我不揍死你！」

「烏仁叔叔，人家都準備一年了，又已經千里迢迢來到了大本營，要她就這樣回去，她多失望啊！大叔，幫幫她吧！」

「好吧，跟你一樣，只能上到四號營地，不能再往上了。你負責他的安全，出什麼事，找你算賬。」烏仁惡狠狠地瞪了祁臻一眼，又說，「你就帶他去那邊那頂橙色帳篷，剛好有個登山客身體出了毛病，不能再往上走了，剛送了他回大本營，就讓你朋友住那裏。不過，朋友歸朋友，下山以後，看看使用了多少物資，把錢算算交給登山隊。」

「知道知道，謝謝烏仁叔叔！烏仁叔叔最好了！」祁臻大喜。

童瑤自從見到烏仁後就一直沒出過聲，這時高興地向烏仁鞠了個躬，說：「謝謝烏仁叔叔！」

烏仁一聽嚇了一跳：「你……你是個女孩?!不行不行，女孩子不可以留在這麼危險的地方！祁臻，你馬上帶她回大本營！」

祁臻說：「君子一言，駟馬難追，烏仁叔叔，說出的話不能收回了！我帶童瑤去帳篷休息了。叔叔拜拜！」

「臭小子，等會找你算賬！」後面烏仁追了幾步停住了，氣呼呼地罵了一句。

祁臻把童瑤送進橙色帳篷，又幫着卸下她身上背着的東西，見到她疲憊不堪的樣子，便叫她先休息。

童瑤也實在耗盡了力氣，等祁臻出去後，便衣服也沒脱，就躺進睡袋，昏沉沉地睡了。這一路以來，她真是耗盡了力氣，她也想好好休息一下了，因為接下來，她除了要面對更難走的路之外，她還要想辦法去阻止悲劇發生。

十七　小狗拉大象

童瑤醒來時，已經是傍晚時分，頭仍然痛。處在海拔七千多米的山上，她出現這點情況，已算是小問題了，這是因為她體質不錯的緣故。

太陽下山之後，三號營地的氣温逐漸在降低，到半夜時，會低至零下幾十度。這時候聽到帳外有人在喊：「童瑤，醒了嗎？」

是祁臻的聲音，童瑤趕緊坐了起來：「醒了，請進。」

祁臻掀開帳門走了進來，他手裏提了很多東西，吃的喝的，還有氧氣瓶、調節器和氧氣罩等一堆東西。由於空氣越來越稀薄，在剩下的攀登過程中，登山者都要呼吸這種壓縮氣體。

童瑤問道：「現在的登山者全都使用氧氣瓶嗎？」

她之所以這樣問，是因為，自從一九二一年英國人首次帶着氧氣裝備登聖母峯，依靠氧氣瓶攀登的做法就在登山界引起激烈的爭論。對瓶裝氧氣批評得最激烈的是著名登山家喬治·馬洛里，他認為這樣做嚴重「違反體育精神」，不靠氧氣瓶登頂，才是真正意義上的征服聖母峯。

但是，在後來的一些測試中，證明在海拔八千米以上的死亡地帶時，如果沒有氧氣，人體很容易受高原肺水腫、體溫降低、凍瘡和其它一系列致命危險的襲擊。而馬洛里在第三次前往聖母峯時，也切身體會到沒有氧氣的支持就無法到達山頂。所以反對的聲響也漸漸減弱了。

不過，也有一些身體素質很好的運動員，在經歷了一段較長的適應氣候期之後，在不使用氧氣瓶的狀態下登上了山頂。

祁臻說：「現在只有百分之二十七的人登頂沒有使用氧氣。畢竟現在登聖母峯的，大多是業餘登山愛好者，他們沒有專業登山者長期訓練下良好的身體素質，要依靠商業性登山公司的幫助才能登山，所以絕對不會冒這個險去進行『無氧登頂』。比如這次的勇士隊和山之光隊，就屬於商業性的登山隊，隊員都必須配備氧氣瓶。烏仁叔叔也成功地嘗試過無氧登聖母峯，但實際上在不用氧氣瓶的狀態下，他的狀態大打折扣。之後他每次協助登山或當嚮導都會使用氧氣瓶，他認為作為嚮導進行無氧攀登是極端不負責任的行為，而登山者也不應冒這個險，把自己置於險境。」

童瑤點點頭：「對，登山是為了征服而不是為了犧牲。還有什麼比生命更珍貴？不能僅僅為了證明能無氧登上聖母峯頂，就可以漠視生命。」

「同意！」祁臻朝童瑤點頭表示贊同。

祁臻教童瑤怎樣使用氧氣筒，又擔心地問：「四號營地海拔八千米，俗稱死亡地帶，你能頂得住嗎？」

「開弓沒有回頭箭，我不能退縮。」童瑤很堅定地說。

祁臻朝童瑤豎豎大拇指，他說：「放心，我會幫你的。」

「追上了隊伍，就要開始做事了。第一件事是……」童瑤正説着，視線無意中從掀起的帳門望向外面，眉頭一皺，指着上山的路叫道：「哎，你看！」

祁臻朝着童瑤手指方向看去，不禁愣了，這是什麼情況啊！

一個身穿紅色羽絨服、身材高大、空身走路的人，被一個身材小得多的穿藍色羽絨服的人用一根大約一米長的繩子拉着，像小狗拉大象般走上來。那藍衣人背上馱着小山般的一大堆東西，他似乎用盡了全身力氣，俯向前面的身體幾乎貼到冰面上，一點點地拖着他的伙伴上山，看上去極艱難，也極危險。

「哦，是他們，常常掉隊的那兩位！穿藍色衣服的是協助員江保，穿紅色衣服的是女記者沙曼。」祁臻告訴童瑤。

「沙曼？原來是她！」童瑤自言自語地說。

「我去幫幫他們。」祁臻走出帳門，朝那兩人走去。

這時，有另外幾個人也同時行動，走去幫那兩人。幫忙的人迎上了沙曼和江保，其中兩個人一邊一個攙扶着沙曼，走進了靠近的一個帳篷；祁臻和另一個人，就接過江保的背囊和雜物，替他背着。

童瑤聽到他們的對話——

「江保，你背的是什麼玩意？這麼重！」

「天哪，我看有八十多斤吧！背這麼多東西，還要用繩子拽着一個比你還重的大活人！」

「呼～呼～呼～」一陣很痛苦的喘息聲，應是那位精疲力盡的江保，「這是沙曼小姐的東西，除了登山裝備外，還有她工作用的衞星電話，另外就是筆記本電腦、攝像機、相機、小電視機等，還有一疊疊供大本營上的人們閱讀的她寫的通訊報道剪報……」

「天哪，我要瘋了！這些器材在三號營地也只能被將就地用，在更寒冷、環境更惡劣的四號營地，根本無法使用，還背上來幹什麼？」

「是呀江保，每個登山人都知道，登聖母峯，尤其是上到三號營地，除了登山必需的裝備，其他都要留下來的。你怎麼這樣傻，還替她背上來。天哪天哪，還有剪報！這時候還有誰會有興趣看這些。」

「呼呼呼～～我本來不想背的，可她說：如果你不背，我來背。我是男子漢，能讓她一個女人背這麼重的東西嗎？再說，她也背不動啊！」

「江保，你呀你呀，讓我說什麼好呢！」

聲音越去越遠了……

童瑤聽得直搖頭。

過了一會兒，祁臻回來了。

「江保太老實了，這沙曼也很過分，她給江保背的東西有八十多斤，還沒算上江保自己本身要背的東西呢！真不知道江保是怎麼上到三號營地的。」好脾氣的祁臻這時也氣呼呼的，「我聽別人說，這沙曼把江保使喚得像傭人似的，每天給她收拾牀鋪、背行李。江保這樣一個年輕力壯又曾經多次往返聖母峯的人，也累得快要倒下了。」

童瑤說：「祁臻哥哥，其實，這沙曼就是造成山難的其中因素。我剛才想說的第一件事，就是關係到她的。」

「啊，沙曼就是造成山難的其中因素？」祁臻若有所思。

「沒錯。」童瑤肯定地說，「沙曼是個記者，她報名加入登山隊時，就說了打算全方位報道勇士隊和山之光隊的這次登山行動，為這兩支隊伍所屬登山公司大造輿論。這樣做無疑是對兩間商業登山公司很有好處，比做幾百萬幾千萬的廣告效果還要好。因此公司老闆也一定會敦促李昂和羅思這兩名隊長，務必提高這次登頂的成功率。」

「這能理解。」祁臻點點頭。

「因為這樣，就導致兩名隊長在有些決定上不理智。比如說，沒有在兩點鐘的『關門時間』裏，堅決地把隊伍往下撤，令隊伍遭遇特大暴風雪。」

「原來是這樣！不過，這其實也不能全怪沙曼，她要替這兩支登山隊寫報道文章是出於好意。」

「如果説這事不能全怪沙曼，那下面我説的就肯定是她的責任了。江保本來應該走在最前頭，擔當領路和製定路線的角色，還負責路繩架設和維護。但這次因為要幫沙曼背東西、照顧沙曼，他竟經常落在隊伍的最後面，沙曼實際上加重了他的負擔，妨礙了他的工作，影響了他的狀態。其中最嚴重的是因為江保的問題，導致幾支登山隊在天階下被迫停留了兩個多小時，這額外兩個小時的停留不但耽誤了下山時間，還消耗了大量的氧氣，為後來的災難埋下了隱患。」

祁臻聽得眉間皺出「川」字，看來，這沙曼造成的惡劣影響還真大啊。

「要解決這件事很難，沙曼是個很好強的人，早在報名參加登山隊時，她已經揚言要成為首名登上聖母峯的女記者，所以為了能實現這個願望，她是無所不用其極的。以她本身身體素質，她絕對無法用個人力量登頂，而江保是隊裏最健壯、也最肯幫人的人，她一定抓住江保不放的。」祁臻説。

童瑤低頭想了一會，說：「有什麼辦法讓她無法再往上走呢？反正我這樣做是為了她好。因為我知道她這次雖然成功登頂並回到大本營，但那場特大暴風雪也讓她身體留下了終生的病患。」

「難道真要用肅肅那個方法？放些瀉藥讓她拉肚子？」但祁臻又馬上自己否決了，「啊，不行不行，在高山上人的狀態已經很差了，再拉一下肚子，那可真受不了。」

「那……可以不可以給她吃點安眠藥，讓她睡到不想起來，留在營地裏。反正安眠藥也不會對身體造成影響的。」

祁臻擺擺手說：「這個不行。我有個朋友，有次登山在高海拔上宿營，晚上睡不着，就吃了些安眠藥，結果差點死掉。醫生說，安眠藥有抑制中樞神經作用，而高原氧氣稀薄，呼吸受到抑制是極度危險的事情。」

「那怎麼辦？」童瑤很苦惱。

祁臻一拍胸口，說：「這樣好了，我代替江保幫沙曼背東西，讓江保脫身去做他該做的事。」

童瑤看着祁臻單薄的身材，說：「你？不行！你遠沒有江保健壯。江保都感到很吃力的事，你做不了的。不如你請烏仁叔叔出面，安排其他人幫沙曼背東西吧！」

祁臻搖搖頭：「不行。第一，江保和沙曼都是山之光隊的，烏仁叔叔管不了他們。第二，其實每個登山隊員都應該自己背隨身物品的，協助員有自己的工作，並無替登山者背東西的義務。所以，正常來說是不可能叫任何人去幫沙曼的。」

「那太辛苦你了。要不，你盡量說服沙曼扔掉一些東西，減輕負擔。」

「我會想辦法，讓她留下一些不必要的東西的。」

十八　討厭的沙曼

今天是五月九日，登頂的前一天。

早晨醒來，童瑤感到腦袋仍昏昏沉沉的。想到今天是前往四號營地的日子，她不敢怠慢，硬撐着起牀了。吃了點方便食品，她背上背包、綁上冰爪，走出帳篷。這時，她看到許多人已經出發了。

童瑤在帳篷門口等祁臻。祁臻說好今天他去幫沙曼，好把江保脱身的。他會帶着沙曼和童瑤一起上四號營地。

一會兒，見到祁臻背着平時用的背囊走過來了，童瑤朝他揮手：「早上好！」

「早上好！」祁臻好像很不高興的樣子。

「不是和沙曼一起走嗎？」童瑤看看祁臻是一個人，便問。

「人家瞧不起我呢！她說只有強壯的江保能幫助她保護她。還嘲笑我是個文弱書生，一陣大風吹來就會掉下山，她不希望到時還要組織人去尋找我和她的行李裝備。」

祁臻生氣地說，「她還是找了江保幫忙，現在他們已經一起走了。」

童瑤聽了真是哭笑不得。

「你會架設路繩嗎？」童瑤抱着一絲希望，不能代替江保照顧沙曼，就讓祁臻代替江保做一些事。

祁臻搖搖頭，很遺憾地說：「我不會。那是個要求很高的技術活，又涉及到登山者生命安全，不能湊合的。」

無奈，童瑤和祁臻只能繼續跟着隊伍上四號營地，然後再想辦法。這次是登聖母峯以來第一次帶着氧氣瓶攀登，童瑤用了一段時間才漸漸習慣。

三號、四號營地之間的路途極具挑戰性，期間要經過一個非常陡峭非常危險的冰坡。這段路程其他的登山者已經多次往返熟悉，而祁臻以前登過幾次，困難不是很大，唯獨對童瑤來說是一個很大的挑戰。

這幾天她吃得很少，睡覺也很不安穩，身體本來就虛，加上登山付出的體力，對高海拔氣候的不適應，令她人好像虛脱了，走每一步都困難。但她硬撐着，她告訴自己，不能倒下，千辛萬苦穿越到來，不能功虧一簣，小念念還等着自己帶他爸爸回家呢！

祁臻情況還算好，他一直走在童瑤身旁，每當見到她情況不對時，便伸手扶她一把，還不時鼓勵她。

攀爬那個陡峭危險的冰坡時，所有人都只靠一根繩子往上攀爬，另外，還得提防那不時掉落下來的石塊冰塊。在這個地方，即使是一小塊墜落的物體擊中懸於繩索之上的登山者，就足以將人打落深深的谷底。據說去年就有兩名登山者在這裏被掉下來的東西砸中，掉下了深深的冰縫，不幸遇難。

在祁臻幫助下，童瑤出盡「洪荒之力」，才爬上了坡頂。這時，她已經癱倒地上，連動動手指頭的力氣也沒有了。

休息了一段時間，見到大多數人已經走在前面，童瑤才在祁臻幫助下，繼續前行。

下午三點，童瑤和祁臻到達了四號營地。

四號營地海拔八千米，這裏是衝頂前休息的地方。

四號營地就是挑戰聖母峯的最高營地，被稱作「生命禁區」或「死亡區」。一般登山者只能在那裏待兩到三天，他們在那裏等待登頂時機，這個時機主要包含兩個要素：天晴、風弱。如果運氣好，登山者在半夜十一點左右就可以開始出發。

這時四號營地的風很大，呼呼地撕扯着幾個已架好的帳篷，協作人員正和大風搏鬥着，費勁地架設帳篷。祁臻指指前面插着勇士隊和山之光隊旗幟的一個大帳篷，說：「我們先進去休息一會兒。」

他們在帳篷門口看到了江保，他仍然背着沙曼那個巨大的背囊，跪倒在地上，嘔吐得一塌糊塗。江保一向公認是所有協助員中最強健的一個，即使不使用氧氣，他也能頂得住，從來沒有像今天這樣狼狽過。

童瑤心裏把沙曼罵得狗血淋頭的，這傢伙把登山隊害慘了。看來，在明天登天階時，被迫耽誤兩個多小時是無法避免了。

祁臻和童瑤走進帳篷，裏面已擠了包括沙曼在內的六七個人，他們都分別用不同的姿勢，坐着，靠着，躺着，希望儘快釋出身體內的極度疲勞。

裏面的人見到祁臻和童瑤進來，就都擠擠給他們騰出地方，兩人說聲謝謝就坐下了。

這時，又有兩個人走進了帳篷，其中一個人是童瑤認識的，他是勇士隊的領隊李昂。

另一個人中等身材，看上去十分虛弱，他幾乎是掛在李昂身上進入帳篷裏的。

「是杜格！他怎麼了？」帳篷裏有人問道。

杜格！童瑤頓時緊張起來。

「他不舒服已經有好幾天了。」李昂細心地安置杜格坐下。

「別擔心，我這次一定行的。」杜格喃喃地說。

隊友們都知道，兩年前杜格也曾參加登山隊登聖母峯，可惜在離頂峯一百多米的高度時，因為突發的壞天氣，令他不得不放棄登頂。

這件事讓杜格十分沮喪，並發誓今年一定要登上聖母峯峯頂。沒想到的是，這次登山，他的身體狀況很不好。但他不想放棄，因為他知道，如果這次不成功，可能再也沒有機會了。

李昂一臉的憂慮：「杜格，算了吧！以你現在的身體狀況，不適宜再往上走了。你留在四號營地吧！」

「我求你了，李昂隊長，請你讓我上去。」杜格一臉的懇切。

李昂十分為難。

童瑤用手捅捅祁臻，小聲說：「杜格就是間接害死李昂的人。杜格在早已精疲力盡的情況下，不聽勸阻，仍在關門時間之後兩小時，即四點多登上山頂。李昂為了幫助杜格下撤，在暴風雪中滯留山頂一天一夜，不幸遇難。所以，絕對不能讓杜格衝頂。」

祁臻聽童瑤這麼說，也顧不上自己只是個協助員，人微言輕，插嘴說：「杜先生，接受李昂隊長的意見吧！八千米以上是絕對的死亡區域，越過它之後，人每多待一分鐘都是極端危險的。以你這樣狀況，是拿生命開玩笑啊！」

李昂看了祁臻一眼，說：「這個小兄弟說得對。安全最重要。」

杜格很想堅持，但又好像拿不出堅持的理由，正在猶豫，這時沙曼緩過氣來了，她說：「我支持杜格。杜格是好樣兒的！已經到了四號營地了，勝利只在堅持一下之中。杜格，我看好你。如果你登頂的話，我一定要在文章中介紹你的事跡，讓全世界都知道你的勇敢頑強。嗯，我該給你起一個什麼稱謂呢？對，就叫『勇者杜格』，嘿嘿，簡單又奪目！」

虛弱的杜格聽了，好像吃了興奮劑一樣，黯淡的眼神頓時亮了。

童瑤一聽恨得牙癢癢的，狂妄自大的傢伙，知不知道你這句話，害死兩條人命啊！

李昂說：「沙曼小姐，我不贊成你說法。杜格真的不適宜……」

「李昂先生，你作為隊長，不是應該很理解隊員的心情嗎？不是應該在隊員失去信心時給他鼓舞嗎？怎麼反而拖後腿呢！」沙曼衝李昂瞪了一眼，又對杜格說，「我一個弱女子，也能克服困難上到了這八千米的四號營地，我還準備明天再攀高峯，把聖母峯踩在腳底下。我一個弱女子能做到的，杜格你為什麼不能做到？」

「你住嘴！」童瑤實在忍不住了，她氣憤地說，「真不害臊，你能登上四號營地，是靠你自己嗎？你看看江保為了拖你上來，累成什麼樣子了！我覺得李昂隊長建議杜格留下來，是十分明智的。我們提倡勇敢，但也要珍惜生命，登山失敗了可以重來，但生命是不會有第二次的。」

「你是誰？關你什麼事？」沙曼氣勢洶洶地朝童瑤說，之後看向杜格，「杜格，是做英雄還是做狗熊，你自己選擇。」

聽到她這樣問，杜格當然不會認做狗熊，急忙答道：「明天，我誓必登頂！」

李昂無奈看了杜格一眼，說：「到時看你身體情況再說吧！」

李昂說完，又向帳篷內的人說：「不過，我再一次強調，不管你們是不是仍有餘勇，到了兩點鐘的關門時間，都必須要往下撤！」

這時，有協作人員進來，說是帳篷都架好了，可以分一部分人到別的帳篷休息。

童瑤不想讓李昂認出，也不想跟那個討厭的沙曼一起，就拉着祁臻走出了帳篷。

十九　明天的最後一搏

童瑤和祁臻走進了一頂能容納五六個人的帳篷，看見已經有兩個躺在睡袋裏的人。看樣子他們的身體狀況不太好，所以彼此只是點點頭算是打了招呼，然後就各顧各了。每個人都想休息得好點，補充精力準備應付明天的衝頂。

祁臻和童瑤各自拿出睡袋鑽了進去，零下的氣温，沒有睡袋根本無法入睡。

外面呼呼的風聲，正好掩蓋他們的談話。

「祁臻哥哥，我真沒用，什麼都改變不了。」

祁臻看看一臉頹喪的童瑤，安慰道：「你已經努力過了，不要過多責備自己。」

童瑤突然想到了什麼，問道：「祁臻哥哥，你們羅思隊長呢？」

祁臻說：「勇士隊有兩個人挺不住了，得趕快送回大本營救治。羅思隊長放心不下，親自送病人回大本營了，現在還沒回來呢！」

童瑤只覺得一陣無力感，她知道，羅思之所以死於山難，是因為他送隊員下山，顧不上休息又急急趕回四號營地，只休息了半個小時就帶領隊伍出發衝頂。因為體力不足，他在下山時行動緩慢，遇上暴風雪，凍死在山上。

事情正朝着歷史上發生過的發生着，難道真的無法阻止悲劇發生？童瑤感到無比的苦惱。

咳咳咳……童瑤咳嗽着。到三號營地後，她就開始咳嗽了。看她漲紅的臉，抖動的身體，很是辛苦。

祁臻忍不住伸手給她拍着後背，記得小時候他感冒咳嗽時，媽媽也是這樣做的。不知道是不是真的有用，童瑤慢慢止住了咳嗽。

祁臻看着童瑤黑了瘦了的臉孔，看着她乾裂的發紫的嘴唇，心裏百感交集。一個還在上高中的女孩子，本來還在親人的呵護下生活，但為了一個承諾，為了拯救一羣登山者的性命，她甘願忍受一般人難以忍受的痛苦，還不惜把自己置於極大的危險之中。這種精神，這種行為，實在令人驚歎、感動。

不管怎樣，不能讓她再往上走了，一來她身體受不了，更重要的是，萬一歷史改變不了，山難無可避免地發生，那童瑤就性命堪虞。

她已經付出很多了，不能再讓她付出生命。

他看着童瑤的眼睛，說：「童瑤，告訴我，還可以怎樣做，才可以阻止悲劇發生？」

童瑤說：「相信你也知道，從這裏登聖母峯的路只有一條，而有些地段十分狹窄，很容易造成擠塞，等候的時間過長。」

祁臻點點頭。的確，由四號營地至頂峯的路十分難走，特別是位於八千八百一十米的地方，有一塊高十二米、近乎垂直的岩石斷面。這塊大石被人稱為『天階』，是登頂聖母峯最後的一關，也是最難的一關。天階極之難走，而且只能一個人一個人的通過，而因為有「關門時間」的限制，登山時間相對集中，所以這段路常常發生嚴重堵塞。上去和下來的登山者擠成一團，走在『天階』上的人經常陷入漫長的等待中，以至多次發生登山者凍傷等危險情況。所以，登山隊之間都會事先協調，避免一天之內同時太多人登山。每年季候風到來之前的五月十日左右，會出現一年中最理想的天氣。在這段時間裏，成功登頂的可能性最大，所以這個時間段是最搶手的。

祁臻想了想，說：「我聽烏仁叔叔說過，十號那天，只有勇士隊和山之光隊衝頂，以這兩個隊的人數，應不會造成堵塞吧？」

「不！」童瑤搖搖頭，「因為午夜時，登山隊會接到通知，天氣預告十一號可能有暴風雪。所以，到時山鷹隊和摩天隊會改變主意，他們想搶在暴風雪來臨前登頂，所以十號衝頂變成了四支隊伍。」

「四支?!」祁臻十分吃驚。

以山之光和勇士兩支隊伍的人數，安排同日登頂是比較合理的，但如果加上山鷹和摩天兩支隊伍，人數就等於翻倍，那問題就大了。

童瑤說：「下面，我們能做的，就是在『天階』堵塞發生時給登山者發出警告，還有，提醒兩名隊長遵守兩點鐘關門時間的規定。」

祁臻搖搖頭：「這點相信很難。第一，登上天階就離峯頂不遠了，眼看勝利在望，他們肯定不會放棄。第二，天階那段路太狹窄，很可能到時有人想撤也撤不下來。」

「不管怎樣，我們都要努力一下。」童瑤繼續說，「實在幫不了大多數人時，我們還有一件事可以做，希望能救下李昂隊長和杜格。資料記載，李昂無法在暴風雪前帶杜格下山，是因為他們的氧氣用完了，杜格沒了氧氣根本連站都站不起來。李昂曾經呼叫隊友，希望他們從南山口的氧氣放置點，給他們送氧氣上去。但因為發生誤會，隊友們以為那裏的氧氣全用光了，所以沒有人能幫到他們，結果兩人被困在天階之上，最後在暴風雪中死去。」

祁臻眼睛一亮：「那就是說，南山口是有氧氣瓶的？那好，到時我們就去南山口取氧氣瓶，送去給李昂隊長和杜格！」

「對！我們能救一個是一個。」童瑤握了一下拳頭。

祁臻搖搖頭：「不是我們，只是『我』。」

童瑤睜大眼睛：「什麼意思？」

「今天夜裏，你哪兒也不能去。就留在四號營地好好睡覺，等我回來，再跟你一塊下山。」祁臻用不容反駁的口氣說。

童瑤瞪着祁臻：「我不是跟你說過嗎，聖母峯山難的所有細節都在我的腦海裏，說不定有些細節，會在緊急關頭幫助我們。所以，我不能不去。」

「之後的路，氣溫更低，空氣更稀薄。你會堅持不住的。」祁臻說，「還有，要是暴風雪到來時來不及下撤，你怎麼辦？」

「那你呢？你不是超人，你跟我一樣也是血肉之軀，暴風雪到來你也無法倖免。」童瑤生氣地說，「要留下的話，也是你留下，本來歷史上你是不會出現在這裏的，不用冒這些風險的，是我們來到這個時空，才把你牽扯進來。你走吧，回大本營去，明天我跟大隊去衝頂。」

祁臻無話可說，舉手投降了：「好好好，我不硬要你留下，你也別說趕我走。」

童瑤這才高興起來，伸手跟祁臻一擊掌：「好，努力！加油！」

能否改變歷史，挽救一羣本來死於山難的登山者，就看明天的最後一搏了。

二十　發生過的仍在發生着

風不知什麼時候停了，這時，李昂派人來到帳篷：「嘿，隊長讓我來通知大家，風停了，登頂的障礙消除了，我們會在五個小時之後，即十一點半出發，大家抓緊時間休息。」

「好的，謝謝。」帳篷裏的人異口同聲回應。

祁臻對童瑤説：「快睡吧，到時間我喊你起來。」

「嗯。」童瑤答應了一聲。

她睡得很不安穩，頭仍在疼，戴着氧氣筒也令人不舒服，但不用更不行。她強迫自己趕快睡着，能不能把小念念的爸爸帶回家，就看明天了。

十一點時，祁臻把童瑤叫醒了。穿戴好全部登山裝備，兩人繫好氧氣罩，打開照明用的頭燈，走出了帳篷。為了不惹人注意，兩人悄悄地跟在隊伍後頭。

清冷的月光照在雪山上，顯得無比的神秘，兩支登山隊的人無聲地站着，檢查着裝備有沒有遺漏。氧氣筒、冰鎬、安全帶……每一樣都是用來救命的，絕對少不了。

另外，每個人都背上了兩瓶共重六公斤的氧氣瓶，以每一瓶氧氣可維持五至六個小時來計，明天，即十號下午五點左右，這兩瓶氧氣就會被用完。不過，在接近聖母峯頂的南山口那裏，協助人員已預先運去了一些氧氣瓶，給每人下山時取用。

李昂站在隊伍前面，向兩隊人重申：「大家聽着，第一，等會出發以後，距離不要太遠，頂多三四十米左右，大家可以單獨走，但也要互相照應。」

「知道了！」雜亂的聲音答應着。

「第二，為着安全起見，身體實在頂不住的，隨時告訴我或者羅思隊長，我們會評估你的狀態，能不能登頂，登頂後還有沒有力氣下山，作出處理。」

「明白！」又是一陣雜亂的回應。

「第三，到了兩點鐘的『關門時間』，所有人都必須往下撤，記住沒有？」

「記住了！」

「羅思隊長，你有什麼補充？說兩句。」李昂跟身邊的一個身材高大的男人說。

哦，他就是羅思隊長！童瑤上下打量着這位被稱為「登山界翹楚」的人。

祁臻對童瑤説：「聽説羅思隊長十點多才回到四號營地。」

十點多才回來，就是説羅思隊長從大本營趕回來，才休息了不到一小時。

鐵人也經不起這樣的勞累啊！怪不得他會在登頂成功下山時，因體力不支倒斃地上。

一大羣人開始在頭燈打出的微弱光線下出發，人們成單行走着，所以過了十幾分鐘，才輪到站最後的童瑤和祁臻起步。

「走吧！」祁臻對童瑤説。

童瑤剛要起步，突然嗓子一癢，忍不住「咳咳咳咳」猛烈咳嗽起來。

祁臻見童瑤咳到臉色發紫，嚇得趕緊替她除下氧氣面罩，讓她呼吸暢順些。

童瑤又咳了一會兒，才慢慢止住了。但等她回過神來，又馬上嚇呆了。李昂站在她面前，定睛看着她。

真倒楣啊，躲了那麼久才躲到現在，沒想到關鍵時刻竟被發現了。

李昂用狐疑的目光盯了童瑤一會，問道：「你是誰？你是哪隊的？」

「我……我……」童瑤結結巴巴的。

李昂突然眼睛一亮，他想起來了：「你就是在大本營找我那女孩子！」

童瑤不知說什麼好。

「好啊，竟然跑到四號營地上來了。是誰允許你上來的？你有登山許可證嗎？給我看看。」李昂嚴肅地說。

「沒有。」童瑤撅起嘴，搖搖頭。

李昂看看童瑤病態的臉容，發紫的嘴唇，斬釘截鐵地說：「孩子，這不是鬧着玩的。你不可以再往上走了。」

李昂又看着祁臻：「你不是勇士隊給我送文件的那個小伙子嗎？之前在大本營就是你把這女孩帶到我的指揮帳的吧？你叫什麼名字？」

「祁臻。」祁臻老老實實地回答。

「祁臻？我看過勇士隊的人員安排，衝頂協助人員裏面好像沒有你名字吧，你也不能再往上走了。你和這女孩就留在四號營地，等我們下撤時，再一起返回大本營。」

李昂用不容抗拒的口吻說。

李昂說完，又對旁邊兩名留守四號營地的協助人員吩附了一番什麼，但他說的話童瑤一句也聽不懂。祁臻看着童瑤困惑的眼神，說：「這兩名協助人員是當地原居民，李昂隊長跟他們說的是原居民的語言。」

童瑤說：「你會聽嗎？」

祁臻回答：「不會。」

李昂聽到這兩人嘀嘀咕咕的，便說：「我跟他們說，你們兩個就交給他們了，讓他們看好你們，要是你們踏出帳篷一步，溜走了或者身體出毛病了，就找他們算賬。清楚了吧？」

「不行！」童瑤一聽便大聲抗拒，「李昂隊長，你聽我說……」

「不用說了。」李昂又扭頭對那兩名協助人員說了什麼，那兩名牛高馬大的協助人員馬上像抓小雞似的，一人拎一個，把童瑤和祁臻拎進身後的帳篷。

「李昂隊長，你聽我說，真的有危險……」童瑤的聲音被那厚重的帳門擋住了。

帳篷外，李昂搖頭苦笑着：「嘿，這古怪的小姑娘！難道真的……不會的，穿越，也太不可思議了吧？世界上哪有這樣的事?!」

他一轉身，堅決地走進了茫茫雪山中。

帳篷裏，兩名當地人像兩尊門神一樣坐在帳門旁邊，眼睛眨也不眨地盯着童瑤和祁臻，好像怕一眨眼他們就會消失一樣。

童瑤幾次想衝出帳篷都被那兩人攔下了，急得在帳篷裏走來走去，走一會便向那兩人請求一次：「兩位大叔，讓我們走吧，我們是要去救命的。」

兩位大叔態度挺好的，童瑤說什麼他們都會點頭，但要出去嘛，沒得商量。童瑤頓足發脾氣，可他們照樣好脾氣地微笑着。

「祁臻哥哥，你能打得過他們嗎？」童瑤抱着一絲希望，問祁臻。

祁臻看看兩個大叔比自己大腿還粗的胳膊，比自己高了半個頭的身形，不禁苦笑着搖頭，自己跟這兩尊門神，戰鬥力不在一個等級上啊！

又經過多次溝通和武力衝鬥，兩人仍然出不去。因為這溝通只是雞同鴨講，這武力值又分明不夠，以至兩個多小時後仍無結果。

這時，突然聽到帳篷外一陣說話聲、腳步聲，還有人大聲說：「山鷹隊，跟我走！」

又有人喊：「摩天隊，跟上，跟上，爭取十二個小時內衝頂。」

祁臻凝神聽了聽，驚訝地說：「你說對了，是山鷹和摩天那兩支登山隊的人！他們果然提早出發，打算在十號衝頂了！」

歷史沒有轉彎，它還是照原來的軌跡運行了。天階上的堵塞在所難免！

兩個把門大叔大概也知道了外面發生什麼，但他們還是忠於職守，並沒有出去詢問或者阻撓，或許知道他們也沒辦法阻撓。

祁臻算了算時間，說：「以十二小時內登頂來算，他們在明天……」

童瑤打斷他的話，說：「你應該說『今天』。現在已經是十號的一點零五分了。」

「噢，好，以十二小時後登頂來算，他們應該在今天十一點半就開始衝頂了。即使人多堵塞，也還有兩個半小時的時間，讓大家上山下山。」

童瑤歎口氣：「如果一路上很順利就沒問題。但是，你知道嗎？之前已經架好在天階的路繩，在昨天的那場大風裏被扯斷了，已經被颳得沒了影兒。」

「啊！糟糕！」祁臻十分吃驚，「原來你說的江保被沙曼所耽誤，導致影響工作，就是指這段路的路繩架設維修工作？」

童瑤點點頭說：「是。江保是登山隊裏負責路繩架設和維修的，登山隊到達天階下面時，發現路繩沒了，急須重新架設。但是等了一個小時江保才從隊伍最後面趕到，而之後又因為他太疲倦狀態很差，頻頻出錯，又花了一個多小時的時間，才在同伴協助下把路繩架好。」

「即是說，本來可以寬裕出來的兩小時，都浪費在這等候架繩的時間裏了。」祁臻用手扶額，好像十分頭痛的樣子。

「該來的幾乎都來了。沙曼耽誤江保、杜格堅持衝頂、羅思送隊員下山消耗體力、山鷹隊和摩天隊因為天氣問題提早衝頂，難道歷史真的無法改變嗎？」童瑤喃喃地說着，

「不，我們本來還可以努力一下的。但前提是，我們得從這裏離開……」祁臻看了看那兩個像拳擊運動員般身材的傢伙，歎了口氣。

正在無可奈何的時候，忽然聽到遠處有些嗚嗚的怪聲音，有點像電影裏外星人襲地球時飛碟降落發出的聲響。

童瑤見兩個大叔都在側耳聽着，臉上露出疑惑，她靈機一動，用手做出飛碟的樣子，嘴裏喊道：「E.T.! E.T.!」

可能E.T.這名字太深入人心了，還可能這兩個大叔像很多地球人一樣對外星人有太多好奇，他們居然聽懂了童瑤的暗示，兩人互相看了一眼，又看了童瑤和祁臻一眼，很有點躍躍欲試。但顯然兩人都想對方說：「我在這兒看着，你去看看。」

可他們誰都不想放過看外星人的機會。其中一個大叔終於不再等待了，他對另一個大叔說了一句話，估計意思是「我去看看！」就飛一般跑出了帳篷，把另一個大叔後悔得捶胸頓足。

「啊！」外面大叔不知看到了什麼，忽然大喊一聲。

屋裏的大叔聽到了，實在忍不住，他對童瑤和祁臻看了一眼，嘴裏嘟噥了幾個字，大概是「別出來」，或者是「老實呆着」，就匆匆忙忙地跑出去了。

二十一　氧氣瓶是滿的

機會難得，童瑤對祁臻說：「快走！」然後拿起裝備就往身上背。

祁臻早知道童瑤想騙那兩人出去，已時刻準備着，此時已站起來背裝備，很快兩人掀開帳門就走出去了。

見兩大叔正傻傻地看着什麼，童瑤和祁臻不管不顧地往聖母峯的方向走，走了幾步，祁臻拉住童瑤說：「先躲起來。」

聰明的童瑤一聽就明白祁臻意思，兩人趕緊走到一堆亂石後面，蹲下來一動不動。

剛躲好，見到兩個大叔回來了，兩人手裏比畫着，嘴裏嘀咕着，看樣子很興奮，不知道説着什麼。兩人走進帳篷，但馬上又衝出來了，兩人氣急敗壞地四處張望着，嘰哩呱啦着，後來又一齊走向聖母峯方向，想追回兩個逃跑的人。

祁臻説：「他們的任務是留守，所以他們不敢離開帳篷太遠的，應該很快會回來了。」

果然，過了一會兒，兩個大叔垂頭喪氣地回來了，一前一後進了帳篷，再也沒動靜。大概是商量如何跟隊長交待了。

童瑤朝祁臻豎起大拇指，說：「厲害！要是剛才我們馬上走了，肯定被他們追上抓回來。」

「哈哈哈！」祁臻得意地笑着，一揮手，說，「走！」

從四號營地到達頂峯需要十多個小時。童瑤和祁臻「逃離」後，開始了艱難的攀登，時間給他們已經不多了。

到了位於八千四百米的叫「露台」的地方時，時間已是十號下午三點多了。這段時間裏，他們見到了一個又一個撤下來的登山隊員，他們全都深一腳淺一腳地走着，像喝醉了酒、隨時會倒下一樣。看不出是成功登頂下山的，還是熬不到峯頂身體就垮了撤下來的。

「臭小子，怎麼跑上來了？」突然，有人在旁邊大聲吼着。

不好，碰上烏仁叔叔了！只見他橫眉怒目的瞪着祁臻，像要把他吃了。

留意到祁臻旁邊的童瑤，烏仁叔叔更生氣了：「好啊，還把人家女孩也帶上來了，你、你、你……」

祁臻先是嚇了一跳，接着嘻皮笑臉地摟住烏仁叔叔：「好啦好啦，我的烏仁叔叔，您別生氣好嗎？我往回走就是了。」

「臭小子，你再往前我打斷你的腿。」烏仁叔叔好像想伸手去打祁臻，但因為扶着一名登山者，又騰不出手來，他只好繼續用眼睛去表示怒氣。

「今天衝頂情況怎樣？」祁臻轉移話題。

烏仁叔叔有點惱火地說：「今天人太多，都塞在天階上了。竟然有四支隊伍同時衝頂，天階上的路繩不見了，又要重新架設，耽誤太多時間。你看都什麼時候了，現在還有人在衝頂呢！」

童瑤說：「烏仁叔叔，李昂隊長呢？」

烏仁叔叔說：「他還在頂峯，接應落後的隊員。」

扶着的隊員呻吟了一聲，烏仁叔叔急忙朝祁臻和童瑤說：「我得走了。你們趕緊下山，還不走就來不及了。聽見沒有？」

祁臻急忙說：「聽見了，我們休息一會兒就回四號營地。」

烏仁叔叔扶着隊員走了，童瑤突然想起一件很重要的事，她朝着烏仁叔叔的背影，喊道：「烏仁叔叔，暴風雪來了以後，會有五個人未能返回四號營地，他們分別在下面這兩個地方：一是跟四號營地成直線的八千三百米處，二是四號營地稍偏西面的七千九百米處，這兩個地方，請您務必組織人去搜救。」

暴風雪中，無目的找人很難。山難中去世的八個人當中，除了李昂、杜格還有另一個人，其他五個人就分別倒在這兩個地方。因為搜救的人一直找不到他們，以至他們在失溫中死去。

烏仁顯然聽到了，他停了停腳步，扭頭看着童瑤和祁臻，一臉的驚疑。他好像想往回走，但看看身邊的登山隊員，又繼續往山下走去。

烏仁叔叔走後，童瑤和祁臻又沿着聖母峯的東南山脊繼續向前走，不久就到了海拔八千七百米的南山口。

童瑤問道：「祁臻，氧氣瓶放在哪裏？我們一人背一瓶。給李昂隊長和杜格送去。」

去到放置氧氣瓶的地方時，見到有個人正在整理氧氣瓶，祁臻喊了他一聲：「黎斯。」

童瑤聽了，不由得盯着那人看。黎斯，不就是那個把滿載氧氣的氧氣瓶，說成是空瓶子的黎斯嗎？

杜格登頂後，力氣用盡，氧氣也用盡完了，倒在頂峯上。在那空氣異常稀薄的聖母峯峯頂，不管多麼強壯的人，都無法把另一個人扛下去，所以李昂曾通過無線電向隊友們查詢，問南山口的氧氣瓶用完沒有，他打算去拿一瓶給杜格。但黎斯竟回答說放置點的氧氣已經用完。就是因為他提供這一錯誤訊息，令到杜格沒能得到氧氣，也令到李昂因為陪伴杜格而滯留山上，導致最終兩人遇難。

這時祁臻對黎斯說：「我們要兩瓶氧氣。」

「沒有氧氣了，這些瓶子全是空的！」黎斯指指那些瓶子。

祁臻提起身邊一個氧氣瓶，沉甸甸的，分明是充滿氧氣：「這瓶子很沉啊，應該是滿的。」

黎斯的模樣有點像喝醉酒的人，身體搖搖晃晃的。聽到祁臻不贊同他的話，眼睛一瞪，不耐煩的說：「你腦子壞了嗎？明明是空的嘛，你看，你看！」

他劈手奪過祁臻手裏的瓶子，拎在手裏晃呀晃的：「這麼輕，分明是空的，空的。真是傻小子！」

黎斯說完，往山下走去了。

童瑤看看莫名其妙的祁臻，說：「他這是高山反應，導致判斷力下降了。山難後，人們來到這個放置點，發現還有六瓶滿滿的氧氣呢！就因為這樣陰差陽錯，讓李昂隊長和杜格失去了生命。我們不能讓歷史重演。」

祁臻往自己身上背了兩瓶氧氣：「兩瓶都交給我吧，你自己都快走不動了！」

童瑤說：「我也背一瓶吧！有備無患。」

南山口向前就是著名的「天階」了。

二十二　李昂在絕境中

此時此刻，李昂在天階之上，求救無門，陷入絕境。

把時間退回幾小時前，兩個登山隊有驚無險陸續到達天階腳下，已經帶隊成功登頂許多次的李昂，覺得成功在望了。

位於海拔八千八百一十米的「天階」，被認為是衝頂前最難的一段。這裏非常狹窄，只能容一人通過，腳下就是萬丈深淵。通過「天階」後，已經離勝利不遠了，繼續沿着山脊雪坡攀登，大約一小時後就能到達頂峯。

天階實際上是一塊幾乎垂直的、約十二米高的大岩石，岩石表面光滑，根本沒有可抓握的地方，所以，兩支登山隊已經派協助人員預先做好了準備工作，在這塊大岩石上架設了一條路繩。

沒想到，計劃永遠趕不上變化，那條架好的路繩竟然不見了，大概是被昨晚那場大風颳走。沒有路繩，登山者寸步難行，根本無法攀登，只能重新架設路繩。

沒想到，關鍵時刻卻找不到專責架設路繩的江保。等了快一個小時，才見到江保用繩子拖着沙曼疲憊不堪地到來。之後，又因為江保不在狀態，架設工作進度緩慢，令大隊人馬在天階下等候兩個多小時。

沒想到更嚴重的事件發生了。正當路繩終於架好，兩支登山隊準備向天階進發時，山鷹及摩天兩支登山隊來到了，他們在沒有知會山之光和勇士兩支隊伍的情況之下，臨時改變計劃，加入了衝頂的隊伍，天階下頓時出現大擠塞。

李昂一點多就爬上了峯頂，登頂成功的喜悅，很快被下面擁擠的情景破壞了。他留在峯頂，緊張地接應着陸續登上來的隊員。

因為人太多，已上到頂峯的人想下去也很困難，天階上的人擠成一團，險象橫生。直到下午四點，登山者才逐漸疏散下撤離開，但這時已經大大超過了規定的兩點鐘下山時間。

李昂等所有人都登頂後，正準備走下峯頂時，卻大吃一驚——因高山反應嚴重、被勸留在南山口的杜格，竟然不顧一切爬上來了。當他一隻手抓在峯頂的土地時，已經完全沒了力氣，李昂幫了他一把，才把他扯了上去。這時已是四點多了，杜格耗盡了全部力量登上了頂峯，就倒在地上起不來了。

在登頂的路上，每個人都只能靠自己的力量去攀登，因為八千八百多米的氣候環境，對每個人都是極大的挑戰，即使適應能力很好的人，都僅僅能做到照顧好自己。

所以常有登山者被勸返回，就因為如果你上山時拼得太盡，那下山就十分危險，事實下山比上山更難更危險。有很多成功登頂的人，就死在下山的路上。

這種情況下，如果李昂不管杜格自己下山，那以他多年的登山經驗，即使在關門時間已過的情況下，也能安全地回到四號營地。但作為隊長，他不能拋下杜格，雖然杜格是不聽規勸強行登頂，導致什麼後果是咎由自取。但李昂不會那麼做。

本來杜格通過休息，或者還可以行走，但很不幸的是，他們兩人的氧氣都用完了。沒有氧氣對於李昂來說還能勉強撐下去，但杜格絕對不行。

眼看杜格因為氧氣用完，臉色青紫，無法呼吸，李昂想起了南山口的氧氣放置點。唯一辦法就是自己一個人下去拿氧氣，否則杜格絕對不能靠自己力量下山。

李昂通過通訊器向隊友們查詢：「有人聽到嗎？南山的氧氣放置點還有沒有氧氣？」

聽到黎斯回應：「隊長，沒有了，那裏的氧氣瓶全是空的。」

李昂一拍額頭，很是失望，只好抱着一線希望，向留守四號營地的協助人員求救：「四號營地，四號營地，我是李昂隊長，我和杜格被困在山頂，請求你們送氧氣來。」

四號營地留守人員回應：「收到，李昂隊長。請問你們是在天階之上還是之下？」

李昂說：「天階之上。」

四號營地的人很長時間沒回應。不是他們見死不救，而是太難了——發生在天階以上的救援從來沒有成功過。而且天馬上黑了，辨不清道路，加上入夜氣溫比白天低幾十度，低温、黑夜，對登山者來說，都是九死一生。更何況，天氣預告還會有暴風雪。

一直收不到回應，李昂很是失望，但他並沒有責怪任何人，因為他明白這個任務是極度危險的。沒想到，這時有人回應了：「李昂隊長，我是留守四號營地的霍林，我現在馬上出發，給你們送氧氣。」

「謝謝你，我的好兄弟！」李昂激動極了。

太難得了。雖然從四號營地送氧氣上來要等很長時間，但總有個盼頭，不至於在這裏等死。

而李昂也不會坐着等候，他嘗試拖着杜格慢慢往下挪。在空氣稀薄的聖母峯頂，動一動都令人氣喘吁吁，但李昂還是咬緊牙關，一點一點地挪，平時一個小時可以到達的距離，他足足用了兩三個小時，終於帶着軟弱無力的杜格從山頂下到了天階的頂端。

更艱難的時候到來了。聖母峯的天説變就變，大雪紛紛揚揚地落下了，狂風呼呼地颳起了，李昂和杜格，坐在無遮無擋的山巔之上，像兩片風中的葉子，被吹得東歪西倒。李昂用安全帶把自己和杜格拴在路繩上，避免被吹下去。在這惡劣的氣候中，他無法再下挪了，只能等在那裏，等候霍林到來。

但是，他在擔心着，這樣的天氣，霍林很可能上不來了。

果然，過了一會兒，通訊器中傳來霍林的聲音：「李昂隊長，實在對不起，風太大，能見度太低，我實在無法上去。」

李昂無奈地歎了口氣，回答説：「明白。謝謝兄弟，回去吧，注意安全。」

雪仍在下，風仍在颷，李昂抱着杜格，在暴風雪中掙扎着。

過了一會兒，通訊器中傳來大本營負責人的聲音：「李昂，這裏是大本營，這裏是大本營。你們的情況我們已經了解，請明白我們現在無法組織救援。特大暴風雪，沒有氧氣，零下幾十度的低溫，這樣的情況下只有兩種結局。一是你和杜格都被困在山上，兩人一齊死亡；二是你一個人下山，你能活命。趕快下來吧，沒有人會責怪你的。」

隊員們也紛紛規勸：

「隊長，下來吧！杜格不會怪你的。」

「隊長，你已經盡力了！」

「隊長，下來吧，求你了！沒有人能在這麼大的風雪中，在山頂上熬過一夜的。」

李昂沒有作聲，過了一會兒，才回答說：「謝謝好意。但是，我絕不會把自己的隊員扔下，自己逃命的。」

杜格聽到了李昂和大本營的通話，說：「隊長，你走吧，別因為我沒了性命。你還有妻子，還有沒出生的孩子。」

李昂說：「別說廢話！把你一個人扔在這裏，我做不到。即使我活着回去了，也會一輩良心不安。」

「隊長……」

杜格還想說什麼，被李昂霸道地打斷了：「從現在起，你不要說話，省點力氣！」

雪更大，風更猛，不時響起一聲炸雷，接着是駭人的閃電，肆意地打擊着坐在天階上的兩個人，像要把他們撕開、焚燬。

通訊器裏傳來聲音，有大本營的朋友，有在風雪中掙扎着下山的隊友：

「李昂，趕快放棄杜格，你一個人下來！別犯傻了，你救不了他的，沒必要兩個人一塊死！」

「隊長，杜格沒有氧氣，他挺不了多久的，橫豎都是死，只差在早點晚點而已，你就讓他留在山上吧！」

「求你了，隊長！」

通訊器一直在響着，人們不停地勸説着。李昂內心在掙扎着，放棄？還是堅持？始終，他還是不忍心把隊友拋下，他默默地關上了通訊器。

零下幾十度的低温，讓李昂渾身冰涼，全身的血也彷彿凝固了。他不知道自己還能撐多久。

他突然很想一個人——他親愛的妻子。

他從背囊裏拿出了衞星電話，用僵硬的手指，撥了家中的電話。

「親愛的……」妻子像剛剛醒來，聲音軟軟的、柔柔的。

「嗨，親愛的，把你吵醒了。」他語氣十分平靜，「你好嗎？」

就像電影《冰峯上的告別》描寫的那樣，李昂沒讓妻子知道他身陷險境，說了一會兒話，然後互道晚安，掛了電話。

想到妻子可能會沒了丈夫，想到沒出生的孩子可能沒了父親，想到如果他不在時妻子的孤苦無依，李昂的心像被刀子在一下一下地剜着，很痛很痛。這一刻，他已經打算不管杜格了，自己一個人下山去。

但當他看了一眼迷迷糊糊的杜格時，又改變了主意。杜格家裏也有妻子和孩子盼着他回家，我不可以讓他的親人痛苦流淚。

「讓暴風雪來得更猛烈些吧！老天爺，我不怕你！」李昂用手指着墨黑的天穹，吼叫着。

他決心和命運抗爭。

在蒼茫的天地間，顯得渺小如螞蟻的兩個人在下山的路上「蝸行」着。的確像蝸牛走路般慢，半小時動不了幾寸，但李昂仍然沒有放棄。

突然，一陣強風吹來，把杜格吹得身子一側，墮向天階邊緣，眼看要連帶把一直拽着他的李昂扯下去，李昂的背囊骨碌碌掉下了山，很快沒了聲響，李昂嚇得心膽俱裂，完了完了！

正在這危急關頭，一隻有力的手拉住了他，李昂就勢止住下滑，把杜格拉回台階上。

驚魂稍定，他又心中駭然，明明這山上就他和杜格兩個人，救他的那隻手……

他扭頭一看，身後，站着一個身材高大的人，在如墨的蒼穹、飄揚的雪花映襯下，天神一般站立着。

李昂擦擦眼睛，看上去很陌生，不是隊友，全身衣服、裝備也跟他們很不同，款式很舊，起碼是十年前的樣式。

「謝謝你救了我們。」李昂接着又問，「你是什麼人？」

「我是登山者。你可以叫我巫名。」那人說。

「巫名？無名？」李昂心中疑問更深了，「你怎麼會出現在這裏？」

那人說：「就當我是誤闖的吧。在一個不適當的時間，來到了一個不適當的地點。令我慶幸的是，讓我適當地救了兩個人。」

李昂心中疑惑未解，但他也明白這不是合適的追根究底的時候，他們要儘快走下天階，在這裏多留一刻，死神就更接近一刻。

巫名像是跟他想法一樣，他扶起杜格，朝李昂說：「走！」

有了巫名的幫助，李昂和杜格終於下到了天階之下。

但是，從山頂到天階底下，只算是萬里長征走完了第一步，接下來，他們要回到四號營地，還有很長很艱險的路要走。但越來越大的風雪，越來越低的氣溫，看不清的路，隨時會讓他們失去生命，失溫、凍僵、掉進冰隙、或者掉下山去。

而更要命的是，杜格臉色越來越難看，還開始説胡話了。怎麼辦，李昂和巫名互相看看，有點手足無措。

「嘿，是李昂隊長嗎？」

突然傳來一聲叫喊，是個女孩子的聲音。李昂大吃一驚。

一道閃電划過，他看見有兩個人向他們走來。看身形姿態，是一男一女。

「李昂隊長，終於等到你們了！」

「李昂隊長，你們沒事吧？」

因為戴着氧氣罩，看不清臉孔，但李昂卻覺得這兩把聲音很熟悉，他喊道：「天哪，是你們！祁臻，還有那個麻煩女孩！」

二十三　遇上熟悉而又陌生的人

這兩人的確是童瑤和祁臻。他們拿了氧氣瓶以後，一路來到了天階底下，但這時已起風了，他們發現，自己的身體根本無法跟狂風暴雪抗爭，他們嘗試了很多次，都無法走上天階。

畢竟是兩個未長成的孩子，雖然身體不錯，但畢竟與「強壯」差距很遠。沒辦法，他們只好在天階下面，找到一處勉強可以藏身的地方，兩人背靠背坐着，用彼此的體温去温暖對方，等天氣稍好再去送氧氣。

等啊等，天氣一直很糟糕，童瑤臉色冷得臉色發紫，嘴唇發顫，快堅持不去的時候，就在心裏默默唸着：「堅持，堅持，一定要救出小念念爸爸。堅持，堅持，一定要救出小念念爸爸。」

唸着唸着，就簡化成「救爸爸、救爸爸」了。

不知過了多久，兩人感覺好像冷得身體都變成冰塊了，這時隱約見到天階上有人下來……

兩人驚喜地站起來，互相扶持走過去。他們驚喜地看到了李昂。

李昂也看到了他們，他大驚：「不是讓你們呆在四號營地的嗎？怎麼……」

「我們是來找你的。」童瑤還想說什麼，卻發現了杜格很不對勁。

她在登山俱樂部學過高山救治，見到杜格情況不好，急忙說：「我們帶來了藥物，先救了杜格再說。」

她拿出在定陽買的高效的類固醇藥地塞米松針劑，熟練地給杜格注射。在登山俱樂部，教練曾教過他們怎樣處理高山反應，其中就包括注射藥物。地塞米松可以暫時緩解高海拔造成的不良影響。

她做這些的同時，祁臻給杜格戴上了氧氣面罩。

李昂驚喜地看着童瑤做的一切，他沒有想到，童瑤竟然帶有這種對高山症有特效的藥物，還帶來了他一直求而不得的救命的氧氣瓶。

過了一會兒，一直神智不清的杜格清醒過來，再過了一會，竟然站了起來，能一拐一拐地走幾步路了。

地塞米松就是有這樣的特效，何況還有了氧氣。

李昂大喜，感激地看着童瑤，嘴唇嚅動着，不知説什麼好。

祁臻又趕緊把背來的兩瓶氧氣給了李昂和巫名。

童瑤處理好杜格的事，才注意到除了李昂和杜格之外還有一個人。她有點奇怪，不由得想起了之前在網上看到的一篇文章，提到在山難十幾天後，人們找到凍僵了的李昂和杜格時，在他們附近還發現了第三名死者。經查，這第三者並不是當天上山的四支隊伍中的人。因為這人身上沒有能證明身分的東西，所以身分一直是個謎。

難道這就是那個人？因為戴着氧氣罩，看不到臉容，也不知年齡大小，只知道是個身材高大的男子。

那個人見童瑤看他，便朝她點了點頭。他也許是覺得呼吸不暢，懷疑是氧氣罩裏面結了冰把出口堵住了，便把氧氣罩拿了下來，用手指摳着。

童瑤腦子裏轟的一聲，整個人都傻了。

多麼熟悉而又陌生的臉容！説熟悉，因為她書桌上就擺着他的照片，他無數次出現在她夢中；説陌生，因為她從來沒聽過他聲音，沒和他説過一句話……

真是他嗎？真是他嗎？童瑤整個人都在顫抖，她覺得自己快要昏過去了。

那個人發現了童瑤的不正常，急忙放下氧氣罩，過來想攙扶她。

童瑤後退了一步，激動地說：「你，你叫童凱？」

那個人大吃一驚，愣了一會兒，才說：「你怎麼知道？」

「爸爸！」童瑤一把扔掉氧氣罩，朝那個人撲了過去，把臉埋在他胸前，放聲大哭。

那個人呆若木雞。

見到那個人只顧發呆，童瑤哭得更厲害了，她抬起臉，看着那個人：「我是童瑤，這還是媽媽剛懷上我時，你給起的名字呀！」

「童瑤？」那個人聽到這個名字，震驚得說不出話來。

沒錯，這人的確叫童凱，的確是童瑤的爸爸。他不顧父親反對，乘坐時空機一號，去五十年後尋找給妻子治病的特效藥，因為懷孕的妻子確診患了白血病。五十年後的醫學已經相當發達，他如願以償拿到了治療白血病的特效藥。但沒想到，因為他急着回去救妻子，沒注意到時空機的儲電器出了問題，結果在返回途中沒了電力。時

空機失去控制，掉落在另一個時空，還落在白雪皚皚空氣稀薄的聖母峯上。時空機摔壞了，再也不能用了。

歷史上，童凱無意中救了李昂和杜格，但最終又因等不到救援，最後和李昂、杜格一起遇難。童瑤看過的資料上，那第三個人，便是童凱。

這也是為什麼童凱十六年來渺無音訊的原因，因為他已不幸地死在另一個時空了。

從童瑤的講述中了解了一切，童凱激動得渾身發抖。他緊緊地把女兒摟在懷裏，眼淚直流。人說「男兒流血不流淚，只因未到傷心處」，童凱這回是真的傷心了。他知道由於自己的魯莽，令年邁的父親老來無依，令生病的妻子在絕望中死去，令女兒一出生就成了孤兒。想到這些，他不禁心如刀割。

「對不起，真的對不起！……」童凱摸着童瑤的頭，不住地說。

「爸爸，您別這樣說。您只是太着急想救媽媽了。爸爸，我理解您。」童瑤懂事地說。

「謝謝你，瑤瑤。」童凱說，「怪不得當時父親一直反對我坐時空機去給你媽媽找藥，原來他知道這時空機技術上仍存在問題。而這十多年來，他一直瞞着你，從不提我坐時空機失蹤的事，也瞞着你還有一部時空機二號的事，就是怕你坐二號時空機去找我，怕你出事。」

「是，一定是。時空機二號也有不足，第一次穿越時沒問題，第二次就不行了，而第三次就乾脆連動也不會動。」童瑤皺着眉頭說。

童凱說：「我聽你這麼說，很可能是電力不足的問題。別擔心，有爸爸呢！下山以後你帶我去看看情況。」

「太好了，爸爸您真好，真厲害！如果是電力不夠那就問題不大，時空機是用太陽能的，只要有陽光就行。」童瑤幸福地憧憬着，「爸爸，下山以後，您就先回去離開的那一年，回去救媽媽。那我回到現代時，歷史已經改變，我就可以有爸爸媽媽了！啊，我太幸福了！」

童瑤樂得抓着童凱的手搖呀搖的。

通過童凱父女的對話，李昂也終於明白了事情的緣起，相信了童瑤真是從五年後穿越來的。看着面前這個纖瘦的小女孩，李昂很感動，想到她為了兑現跟小念念的一個承諾，不惜冒着生命危險，來到這危險重重的聖母峯。而自己卻不相信她，令她如今身陷險境。李昂不禁懊悔萬分，他覺得很對不起童瑤。他現在滿腦子都是，如何讓童瑤父女安然無恙地回家。

童凱看着漫天飛雪，問李昂：「這樣的天氣，能下山嗎？」

「不行。能見度太低，根本找不到路。只能等候天亮，等待暴風雪減弱，山下救援的隊伍來到。」李昂憂心忡忡的説，「只是這天氣實在寒冷，不知道我們能不能撐到天亮。」

童凱皺着眉頭，他恨自己什麼也做不了。他坐的時空機掉落到這座山時，因為落下的地方險峻之極，無法下山，才冒着風雪往上攀，一直攀到頂峯，希望能找到另一條下山的路。但沒想到遇上這場風雪，有路也無法走。

童瑤把頭靠在爸爸的肩上，緊挨着他坐着，她感到很幸福。她希望，這次拯救大行動，不但要帶小念念的爸爸回家，也要帶自己的爸爸回家。

可現實是這樣殘酷，他們全被困在大風雪中了。她心中不甘地吶喊着：拿什麼拯救您，爸爸！拿什麼拯救您，爸爸……

這五個人裏面，只有她最清楚，這駭人的暴風雪，到天亮還沒停息，接着還肆虐了大半天，直到傍晚時分，才慢慢退出聖母峯。而救援，直至十二號才開始。他們一行五人，即使有了氧氣，也絕對熬不過去。

突然，她腦子裏電光火石般閃了閃，記起了還在家裏時，晚上看到的那條即時電視新聞：登山隊在聖母峯遇到暴風雪，三名山隊員滯留山頂，一名隊員無意中發現一個山洞，三人躲進洞裏，避過一劫……

她心裏一陣狂喜，拚命回憶，新聞提及的山洞位置在哪裏。該死的王肅肅，為什麼偏偏那時候來抓玻璃，讓她離開了電視機……

天哪天哪，快想起來，快想起來！

童瑤腦子裏靈光一現，對，天階腳下，北坡往下走……五十米處，對，就是那裏！

「有辦法了！」童瑤大喊起來。

大家聽童瑤講完那條新聞的事，真有絕處逢生的感覺。大家吃了點東西，便冒着風雪往西邊走去了。雖然環境依然惡劣，但大家有了目標，心中有了希望，狂風暴雪也阻擋不住他們腳步，連杜格都拄着登山鎬跌跌撞撞地走着。

童瑤記憶力果然很好，他們在北坡往下走五十米處，找到了那個山洞……

十二號那天，風消雪停，當焦急的救援隊伍找到了他們時，見到的不是意料中的死難者，而是五名凍得手腳僵硬但仍堅強活着的勇士，所有人都發出了歡呼聲。

童瑤和祁臻被扶出山洞時，兩人看到了雪地中深一腳淺一腳向他們跑來的烏仁叔叔。

「沒事就好，沒事就好！」烏仁叔叔老淚縱橫。

隨着救援隊伍上來的醫生作出一番處理之後，救出來的五個人狀態轉好，已無大礙了。

看到祁臻沒事了，烏仁叔叔一瞪眼，罵道：「不聽話的臭小子，看我回去不揍你一頓！」

罵完，又轉向童瑤，激動地說：「小姑娘，你真神啊！在你說的那兩個地點，我們救回了包括我們羅思隊長在內的五個人，再遲一點他們就變成屍體了。那全是你功勞啊！小姑娘，你怎麼知道他們在那裏的？你是聖母峯上的仙女下凡嗎？」

到這個時候，童瑤當然不想再提自己是穿越來的事了，她撒賴說：「有嗎？我有說過嗎？烏仁叔叔，您記錯了吧！」

烏仁叔叔看她一本正經的樣子，很是困惑，搔着頭，明明是下山時身後一把女孩子的聲音，告訴自己那兩個地點的。難道……難道真是聖母峯的小仙女顯靈?!

祁臻笑着說：「依我看，一定是烏仁叔叔救了人，但又謙虛不想領這個功，所以想把功勞推給別人，對不對？」

烏仁叔叔說：「臭小子，你烏仁叔叔可沒這麼高尚。臭小子，難道是你告訴我的？不對不對，分明是女孩子的聲音……」

祁臻見烏仁叔叔還想尋根問底，便把身體靠在烏仁叔叔身上，說：「哎呀，我頭暈，天哪天哪，我不行了，快扶扶我！」

烏仁叔叔拍了他一下：「你就裝吧，臭小子。人家女孩子都挺得住，你就這麼嬌弱！」

烏仁叔叔嘴上這麼說，但還是擔心祁臻的身體，他也忘了剛才話題，趕緊催促大家把救出的五個人送下山去。

童瑤回到大本營，就見到兩個人撲了過來，摟住她放聲大哭：

「嗚嗚嗚，瑤瑤姐姐，你沒有死真好！」

「嗚嗚嗚，瑤瑤啊，要是你回不來，我也不想活了！」

原來是王伊伊和王肅肅。他們在定陽聽到聖母峯有人在暴風雪中失蹤的消息，十分擔心，便趕來大本營，偷偷摸摸地混了進去。他們找童瑤，找不到；找祁臻，找不到；找李昂，卻收到了李昂被困在天階上的消息。

王伊伊說：「童瑤肯定是和李昂在一塊。怎麼辦？」

王肅肅說：「我們去救他們！」

「好，我們去救他們！」王伊伊拉着王肅肅就往山上走，走了幾步，又洩氣了，「登山是要許多裝備的。我們這樣上不去。」

王肅肅苦着臉：「那怎麼辦？」

「不知道。」王伊伊無計可想，心裏酸酸的，很想哭。

「瑤瑤姐姐，你快回來吧！」王肅肅眼淚盈在眼眶，他不想讓人家看到他流淚，便仰起頭。

雪坡上有一羣人往下走，雖然都步履蹣跚，但卻興高采烈的。其中有幾個人好熟悉啊！他心裏噗通一下，指着那些人：「啊、啊、啊啊……」

「啊什麼呀！」王伊伊擦了一下眼淚，看向王肅肅手指的方向，「啊——」

兩人「啊啊啊」地大叫着朝那些人走去，撲向人羣中的童瑤，號啕大哭。

二十四　讓更多孩子的爸爸也能回家

第二天天剛矇矇亮，童瑤一行六人就坐上祁臻的車離開了大本營，一路回帕圖拉去。

昨天他們平安回到大本營後，就被幾十名瘋狂搶新聞的記者圍住了。記者們爭着把錄音器材伸到他們面前，希望能拿到第一手資料：

「請問你們是怎麼找到那個不為人知的山洞，自救成功的？」

「聽說是因為這位小妹妹的提醒，救援人員才成功救回羅思隊長等五個人。請問小妹妹你是怎麼知道遇險者的具體位置的？」

「請問小妹妹，你是怎麼出現在山難現場的？你是獨立登山者嗎？」

「……」

一支支麥克風都幾乎塞到童瑤嘴裏了。

幸得李昂來解圍：「各位傳媒朋友，我們剛脱險下山，身上都有不同程度的凍傷，得馬上去醫務所作處理。而且我們也太累了，急需休息。請大家體諒一下，明天我們會在大本營召開新聞發布會，到時會回答大家的問題。」

記者們儘管不情願但還是放童瑤他們離開了，和暴風雪搏鬥了一天一夜，他們真的需要醫治和休息。

醫生檢查後，除了杜格雙腳有較大面積凍傷需要馬上送醫院，其他四人只是小問題，醫生給處理了一下，便讓他們先回帳篷休息。

因為不想讓外界知道童瑤等人的穿越者身分，所以他們趁着其他人還在沉睡，悄悄離開了。

到了帕圖拉，李昂叔叔就跟童瑤他們告別了，劫後餘生，他格外想念妻子，他想馬上坐飛機回家，和親愛的妻子一起迎接小生命的誕生。他和童凱、童瑤幾個人分別擁抱，感激他們救了自己，救了自己一家。

看着李昂叔叔離去的背影，童瑤心裏充滿了喜悅。她終於不負小念念所託，替他找回爸爸了。

回到小樹林，時空機還好好地呆在那裏。祁臻這個穿越迷一見到時空機就兩眼放光芒，看着、摸着，差點就流下口水來。

童凱第一時間把時空機檢查了一遍，發現並沒有什麼損傷，證實童瑤他們後來幾次穿越不成功，應該是電力不足的問題。而幸運的是，因為這些天的陽光照射，蓄電池又是滿滿的，可以正常使用了。

童瑤堅持先把爸爸送回十五年前，她不想再出什麼岔子，耽誤了媽媽的病情。童凱拗不過女兒，只好同意了。

童瑤和爸爸，還有王伊伊王肅肅走進了時空機，轉身對一臉不捨的祁臻說道：「祁臻哥哥，後會有期，我們五年後見！」

「五年後見！」祁臻揮着手。

童瑤關上時空機的門，透過玻璃看着外面的祁臻，她總感到好像還有一件跟祁臻有關的事該做沒做，是什麼事呢？還沒等她細想，時空機就飛起來了，帶着他們離開了這個時空。

電力充足的時空機，準確地把童凱送到了目的地。童凱把童瑤緊緊擁抱了一下，然後激動地說：「回家見！」

「回家見！」童瑤朝爸爸揮手。

看着爸爸腳步匆匆走回家的身影，童瑤心裏被巨大的幸福充滿着。她突然覺得歸心似箭，她想趕快回家，那裏有親愛的爺爺，還有爸爸媽媽在等着自己。

童瑤趕緊設定時間地點，發動時空機，一陣天旋地轉之後，時空機停了下來。稍作休息，童瑤和王伊伊王肅肅便打開艙門走出時空機。時空機落下的地方，是一處僻靜的小山坡，童瑤心裏有點奇怪，這時空機難道有眼睛的嗎？它很會找降落地點啊，每次都挑沒有人的地方。也幸虧這樣，避免了他們被圍觀被發現的尷尬。

「噢噢噢，回到家囉！」王肅肅高興地喊着。

童瑤沒忘了把時空機用樹葉樹枝掩藏起來，做好後就和兩個好朋友沿着一條小路走下山去。走了二十多分鐘才走到有建築物和行人的地方。見到路邊有派免費小報的，童瑤順手拿了一份，她想確認一下這是不是他們原來的時空。

「咦！」童瑤吃驚地停下腳步，死死地盯住小報頭版的一條大標題：

「中日聯合登山隊回到三號營地，等待天氣轉好再次向太子山衝頂。」

童瑤急忙向小報上方的出版日期看去，啊，不正是太子山難的前一天嗎？

她激動地向派發小報的伯伯求證：「伯伯，這是今天的報紙嗎？」

伯伯一臉的奇怪，他回答說：「當然，我怎麼會派發隔日報紙呢！」

童瑤腦子裏有什麼東西在「滋」一聲迸出了火花，她想起來了，她跟祁臻分別時想不起來的那件事，正是回去救祁臻的爸爸呀！

如今，陰差陽錯，不完善的時空機又出了問題，他們沒有回到原來的時空，而是去了太子山山難的前一天！

童瑤激動極了，她看了看手錶，離太子山山難發生的時間還有十多小時，馬上去太子山，讓中日聯合登山隊從三號營地撤回大本營，還來得及。

童瑤決心去阻止即將發生的太子山山難，她要讓祁臻的爸爸以及更多孩子的爸爸也能回家！

飛躍青春系列

車　人
- 青蔥歲月
- 穿越百年的友誼
- 異國的天空
- 遊戲迷之旅
- 我不要再孤獨

君　比
- Miss，別煩我！
- 他叫 Uncle Joe
- 四個10 A的少年
- 誰來愛我
- 夢醒之後

利倚恩
- 再會於紫陽花部屋
- 那些相依的歲月
- 愛令世界轉動
- 甜甜圈日記
- 甜甜圈日記(最終回)
- 走在櫻花樹下的日子
- 我心中住着一個他
- 那些相依的歲月(最終回)
- 愛伴我高飛
- 蝶舞傳説1 · 再次牽着你的手
- 蝶舞傳説2 · 給你溫柔的擁抱
- 蝶舞傳説3 · 你是我的守護天使
- 蝶舞傳説4 · 陪你走過每一天
- 蝶舞傳説5 · 你把我放在心上
- 蝶舞傳説6 · 只想留在你身邊
- 蝶舞傳説7 · 奇妙相遇篇～給未來的禮物
- 蝶舞傳説8 · 但願你會明白我
- 蝶舞傳説9 · 只要有你的微笑
- 蝶舞傳説10 · 結局篇～永遠牽着你的手
- S傳説來了1 · 許氏力場
- S傳説來了2 · 怪盜K的復仇
- 校園謎團事件簿1 · 時光魔鏡
- 校園謎團事件簿2 · 惡夢黑洞
- 校園謎團事件簿3 · 奇跡之花

阮海棠
- 再見，黎明

宋詒瑞
- 少女心事
- 少男心事
- 生活中不能沒有愛
- 倔女兒Vs嚴媽媽

卓　瑩
- 那年我十四歲
- 讓我再次站起來
- 像我這樣的幸福女孩
- 原來我可以
- 請你靠近我
- 我不是草莓族
- 回到冰雪上的日子

胡燕青
- 頭號人物

韋　婭
- 兩個Cute女孩
- 成長的煩惱

馬翠蘿
- 這個男孩不太冷
- 非典型女孩
- 跨越生死的愛
- 鋼琴女孩
- 愛是你的傳奇
- 迷失歲月
- 拿什麼拯救您，爸爸

孫慧玲
- 旋風傳奇1 · 旋風少年手記（修訂版）
- 旋風傳奇2 · 魔鏡奇幻錄（修訂版）
- 旋風傳奇3 · 旋風再起時

桃　默
- 超「凡」同學之實驗室幽靈事件
- 超「凡」同學之不可思議昏睡事件
- 超「凡」同學之神祕綁架事件
- 超「凡」同學放暑假
- 超凡新同學之天水圍城事件
- 超凡同學破奇案
- 超凡新同學之模特兒FANS瘋狂事件
- 超凡同學漫遊魔幻王國
- 超凡新同學之怪獸出沒事件
- 法中女子足球部
- 法中女子足球部 2 出線任務
- 法中女子足球部 3 全國大賽篇
- 超凡同學VS超時空守護人

梁天樂
- 青春火花
- 不能放棄的夢想
- 擁抱夢想
- 打出一片天
- 瞇上眼睛看你

麥蒔龍
- 逃出無間

麥曉帆
- 愛生事三人組
- 妙探三人組
- 鬼馬三人組
- 明星三人組
- 至叻三人組
- 拜金二世祖
- 玩轉火星自由行

黃虹堅
- 十三歲的深秋
- 五月的第一天
- 媽媽不是慈母
- 醉倒他鄉的夢

鄭國強
- 我們都是第一名
- 和好朋友説Yes
- 叛逆排球夢

關麗珊
- 浩然的抉擇
- 中二丁班
- 我不是黑羊
- 睡公主和騎士

周蜜蜜
- 來自星星的小王子 · 壹 · 神秘的約定
- 來自星星的小王子 · 貳 · 真假「王子」之謎
- 來自星星的小王子 · 叁 · 小王子的星球